KB039707

변신

변신

초판 1쇄 인쇄 2020년 6월 3일
초판 1쇄 발행 2020년 6월 10일

지은이 프란츠 카프카
옮긴이 김민준
펴낸이 남기성

펴낸곳 주식회사 자화상
인쇄,제작 데이타링크
출판사등록 신고번호 제 2016-000312호
주소 서울특별시 마포구 월드컵북로 400, 2층 201호
대표전화 (070) 7555-9653
이메일 sung0278@naver.com

ISBN 979-11-90298-80-3 03850

이 도서의 국립중앙도서관 출판예정도서목록(CIP)은 서지정보유통지원시스템 홈페이지
(http://seoji.nl.go.kr)와 국가자료공동목록시스템(http://www.nl.go.kr/kolisnet)에서
이용하실 수 있습니다.(CIP제어번호: CIP2020022534)

변신

프란츠 카프카 지음

김민준 옮김

자화상

차례

변신

1

어느 날 아침, 잠을 자던 그레고르 잠자가 불안한 꿈에서 화들짝 놀라 깨어났을 때, 침대에 누워 있는 자신이 거대한 벌레의 모습으로 변신해 있는 것을 발견했다. 그는 장갑차 같은 딱딱한 등을 대고 누워 있었으며, 머리를 약간 들자 불룩하니 활처럼 휘고 줄이 간 갈색 배가 보였다. 이불은 튀어 나온 배 위에서 더 이상 그를 덮어주지 못하고 미끄러져 내려올 듯했다. 다른 부분의 크기와 비교했을 때 형편없이 빈약한, 수많은 다리들이 그의 눈앞에서 어찌할 줄 모르고 옴싹거리고 있었다.

'무슨 일이 일어난 거지?'

그는 생각했다. 꿈은 아니었다. 좁기는 했지만 정돈이 되어 있는 그의 방은 조용하고 익숙한 사면의 벽들에 에워싸여 있었다. 직물 가게에서 보낸 옷 견본의 포장이 뜯어진 채 흩어져 있는 책상 위에는 —그는 외판원이었다— 그가 얼마 전에 화보 잡지에서 오려 내 예쁜 액자에 끼워 놓은 그림이 걸려 있었다. 그 그림은 털모자를 쓰고 털목도리를 두른 채 꼿꼿이 앉아 있는 숙녀의 모습으로, 바라보는 사람에게 털토시를 내밀고 있었다. 그녀의 두 팔은 모두 털토시로 가려 보이지 않았다.

그레고르의 시선은 창문을 향했다. 빗방울이 창틀 위로 거세게 떨어지는 소리가 들렸다. 흐린 날씨는 그를 더욱 우울하게 만들었다.

'좀 더 자고 나서 이 모든 말도 안 되는 상황을 잊으면 괜찮아지겠지.'

그는 그렇게 생각했지만 좀처럼 그렇게 되지 않았다. 왜냐하면 그는 오른쪽으로 누워 자는 습관이 있는데 도무지 지금의 상태로는 몸을 돌릴 수가 없기 때문이다. 온 힘을 다해 몸을 오른쪽으로 기울이려고 했지만, 기우뚱거리다가는 다시 벌러덩 누운 자세로 되돌아올 뿐이었다. 허둥대는 다리들을 보지 않기 위해서 눈을 감은 채 아마 백번 정도 그렇게 반복했을 것이다. 별안간 옆구리에서 지금까지 느껴 보지 못했던 고통이 시작되었을 때가 되어서야 그는 비로소 그 짓을 그만두었다.

'아이고, 젠장.'

그는 생각했다.

'왜 이리 피곤한 직장을 택했지? 해가 뜨나 지나 늘 돌아다녀야 하고, 번듯한 가게에 앉아 장사다운 장사를 하는 것에 비해 직업상의 스트레스가 너무 커. 출장은 또 얼마나 많은지. 기차 시간도 신경 써야지. 불규칙하고 변변찮은 식사, 신뢰할 수 없는 인간관계까지, 매번 안정이라고는 없는 상황이 지겹고 힘겨워. 차라리 다 사라졌으면!'

배 위쪽이 가려웠다. 그는 고개가 좀 더 잘 들리게 드러누운 채로 간신히 침대 기둥이 있는 곳까지 갔다. 가려운 곳이 보였다. 그곳은 뭔지 알 수 없는 조그맣고 하얀 반점으로 온통 뒤덮여 있었다. 한 다리로 가려운 자리를 긁으려고 했지만 곧 다리를 다시 거두고 말았다. 다리가 닿자마자 소름이 끼쳤기 때문이다.

그는 주르륵 미끄러져 원래의 위치로 되돌아갔다.

'이렇게 일찍 일어나다 보니,' 그는 생각했다. '사람이 멍청해지는 거야. 사람은 잠을 제대로 자야 해. 다른 외판원들은 하렘의 여성들처럼 살고 있잖아. 이를테면 내가 오전 중에 받아낸 주문들을 송장에 기입하려고 숙소로 돌아오면 그 사람들은 그제야 아침 식사를 하며 앉아 있단 말이야. 만약에 내가 사장에게 그런 모습을 보였다간 당장 쫓겨날 거야. 그게 나한테는 더 좋을지도 모르겠지만 또 모르지. 어찌됐든 내가 부모님 때문에 참지 않았다면 벌써 옛날에 사표를 내고 말았을 거야. 사장 앞으로 당당하게 걸어가 내 속마음을 툭 털어놓고 사표를 던졌을 테지. 그러면 보나마나 사장은 책상에서 굴러떨어졌을 게야. 책상에 걸터앉아 높은 데서 내려다보면서 직원과 얘기하는 꼬락서니 하고는! 게다가 사장은 귀가 어둡기까지 해서 사장 쪽으로 아주 가까이 다가가야 할 테고. 그게 어디 평범한 모습인가. 하지만 그렇다고 해서 희망을 영영 포기한 건 아니야. 언젠가 부모님이 진 빚을 다 갚을 만큼 돈을 모으게 되면—그러려면 아무래도 앞으로 5, 6년은 더 걸리겠지—반드시 그렇게 하고야 말 거야. 그땐, 내 인생의 엄청난 전환점이 될 거야. 하지만 지금 당장은 잠자리에서 일어나는 게 급선무야. 나는 5시 기차를 타야만 하니까.'

그는 진열장 위에서 째깍거리는 알람시계를 쳐다보았다. '맙소사!' 6시 30분이었다. 바늘은 조용히 전진하고 있었으며 심지어 30분을 지나쳐 있었다. 이미 45분에 가까워졌다. 자명종이 울리지 않았단 말인가? 하지만 알람을 4시에 정확히 맞춰 둔 것이 침대에서도 보였다. 분명 시계가 울렸다. 그래. 하지만 가구를 흔들어 놓을 정도의 소리에 조용히 잠을 잔다는 것이 가능한 일인가? 솔직히 그는 편안히 잠이 들지 않았는데, 아마도 그렇기에 뒤늦게 더 깊이 잠에 매달렸는지도 모른다. 그는 이제 무엇을 해야만 할까? 다음 기차는 7시에 출발한다. 그 기차를 타려면 말도 안 되게 빨리 서둘러야 할 것이다. 그러나 견본 상품도 아직 챙기지 않은 데다 지금 그렇게 분주하게 몸을 움직이는 것도 쉽지는 않았다. 그 기차를 탄다고 하더라도 사장의 불호령은 피할 수 없을 것이다. 왜냐하면 사환이 5시 기차를 기다리다 내가 기차를 놓쳐 버렸다는 보고를 이미 올렸을 것이기 때문이다.

그자는 사장의 꼭두각시로 줏대도, 이해심도 없는 인간이었다. 병가를 신청하면 어떨까? 하지만 그것 또한 창피한 일인 데다 사장의 의심을 살 것이다. 왜냐하면 그레고르는 5년간 근무하면서 아팠던 적이 한 번도 없었기 때문이다.

그러면 분명 사장은 의료보험회사 의사와 함께 올 것이며 게으른 아들 때문에 부모님은 괜한 욕을 듣게 될 테지. 심지어 그 의사는 아주 건강하지만 단지 일하기 싫어하는 자들만이 병가를 낸다고 믿는 사람이다. 의사가 그런 말만 비쳐도 모든 이의 제기는 묵살될 것이다. 이런 경우에는 의사가 아주 부당한 것일까? 실제로 그레고르는 긴 수면으로 인해 잠에 취한 것 같은 둔탁한 무기력 외에는 아주 건강했고 식욕도 아주 왕성했다.

그가 이러한 모든 것을 황급히 떠올리며 침대를 떠날 생각을 하지 못하고 있을 때—그때 마침 자명종은 6시 45분을 알렸다— 그의 침대 머리맡 쪽에서 방문을 두드리는 소리가 났다.

"그레고르." 어머니가 불렀다. "6시 45분이야. 출근해야 하지 않니?" 아, 부드러운 음성! 그레고르는 대답하려고 목소리를 내는 순간 소스라치게 놀랐다. 그 목소리는 오인할 여지가 없이 그의 것이었지만, 그 목소리에는 밑에서부터 나오는 듯한, 뭔가 절제되지 않고 고통이 따르는 찍찍대는 소리가 섞여 있었다. 그의 말소리는 처음에는 또렷했지만 찍찍대는 소리 때문에 다음 순간엔 되울리며 흐트러져 제대로 말이 전달됐는지 알 수 없는 지경이었다. 그레고르는 자세하게 대답하고 모든 것을 설명하고 싶었지만 이런 사정 때문에 그저 이렇게만 말했다.

"예, 예. 고마워요 어머니. 벌써 일어났어요."

방문이 나무로 만들어져서 그레고르의 음성에서 나타난 변화를 밖에서는 아마도 눈치채지 못한 듯했다. 왜냐하면 엄마는 그의 말을 듣고서 신발을 끄는 소리를 내며 사라졌기 때문이다. 하지만 이 짧은 대화를 통해서 다른 식구들은 그레고르가 평소와는 다르게 아직도 집에 있다는 사실을 알게 되었다. 아버지가 약하긴 하지만 주먹으로 다른 쪽 문에 노크를 했다.

"그레고르! 그레고르!" 아버지가 불렀다. "도대체 무슨 일이니?"

잠시 후에 그는 다시 한 번 더 좀 더 낮은 목소리로 재촉했다.

"그레고르! 그레고르!"

또다른 문에서는 여동생이 나지막하지만 걱정스러운 목소리로 물었다.

"오빠? 어디 안 좋아? 뭐 필요한 거라도 있어?" 양쪽 문을 향해 그레고르는 대답했다.

"거의 다 준비됐어."

아주 세심하게 발음을 하면서 각각의 단어들 사이에 길게 간격을 두어, 그의 목소리에서 두드러지는 모든 흉한 느낌을 빼내려고 애썼다. 아버지는 아침 식사를 하러 돌아갔지만 여동생은 속삭였다.

"오빠, 문 열어. 부탁이야."

하지만 그레고르는 문을 열 생각이 없었다. 그러면서 집에 있는 동안에도 밤에는 모든 문을 잠그는, 출장을 다니며 익힌 자신의 조심성에 감탄했다. 우선 그는 방해를 받지 않고 조용히 일어나 옷을 입기를 바랐는데, 무엇보다도 아침 식사를 하고 싶었다. 그다음에 어떻게 할지를 생각하려고 했다. 침대에 누워서는 아무리 해도 제대로 된 판단을 끌어낼 수 없다는 것을 잘 알고 있었기 때문이다. 그는 이미 전에도 수차례 편치 않은 자세로 침대에 누워 있던 탓에 가벼운 통증을 느꼈다고 생각했으나, 잠자리에서 일어나는 순간 그 모든 통증이 순전히 착각으로 드러났던 것을 기억해 냈다. 그러자 그는 한낱 공상으로 판명날 이 일들이 하루 동안 점차적으로 어떻게 해소될는지 생각하며 자못 기대가 되었다. 목소리가 변한 것도 외판원의 직업병의 하나인 심한 몸살감기의 전조에 지나지 않는다고 믿어 의심치 않았다.

이불을 떨쳐버리기란 아주 간단했다. 숨을 쉬어 배를 조금 부풀리니 이불은 저절로 떨어졌다. 하지만 더 이상 움직이기는 어려웠다. 특히 그의 몸이 너무나 넓적했기 때문이다. 일어서려면 손과 팔을 써야 했다. 그러나 손과 팔이 있어야 할 곳에 쉴 새 없이 제각각으로 움직이고 있는, 어떻게 해 볼 수도 없는 수많은 다리들만 있을 뿐이었다. 그가 다리 하나를 한 번 꺾어 접고자 하면 그 다리는 쭉 뻗어졌는데, 그러는 동안 다른 모든 다리가 제멋대로 마구 고통스럽고 산만하게 움직였다.

'침대에 쓸데없이 머물러서는 안 되겠군.'

그레고르는 혼잣말을 했다.

우선 그는 그의 몸 아랫부분을 움직여 침대에서 벗어나고자 했다. 하지만 아직 본 적이 없고 어떻게 생겼는지 상상조차 할 수 없는 그 하반신은 도무지 쉽게 움직여지지가 않았다. 상황은 아주 더디게 진행되었다. 결국 그는 거의 미칠 지경이 되어서 온 힘을 다하여 아무 생각 없이 몸을 앞으로 밀쳤다. 그러나 방향을 잘못 선택해 침대 발치의 기둥에 세게 부딪혔다. 그 순간 그는 얼얼한 통증으로 말미암아 아마도 그 부분이 그의 하반신에서 가장 민감한 부분일 것 같다고 생각했다.

그래서 그는 우선 상체를 침대 밖으로 내밀려 애쓰면서 조심스럽게 머리를 침대 가장자리로 돌렸다. 머리는 쉽게 움직였고 몸의 넓이가 넓고 무거운데도 결국 몸체가 천천히 머리 돌아가는 방향으로 따라갔다. 하지만 그가 머리를 마침내 침대 밖 허공으로 빼서 자유로운 공기를 마시게 되었을 때, 이러한 방식으로 계속 더 앞으로 나가기가 불안했다. 왜냐하면 그렇게 해서 그가 침대에서 떨어지면 틀림없이 머리를 다칠 것 같았기 때문이다. 지금은 의식을 잃어서는 안 된다. 그는 차라리 침대에 머물기로 했다.

그러나 숨을 헐떡이며 전과 같은 자세로 누운 상태에서 그의 수많은 다리들이 서로 더욱 볼썽사납게 싸우는 모습을 보는 순간, 이렇게 제멋대로 구는 다리들을 좀처럼 다스릴 방도가 없음을 깨달은 그는 스스로에게 말했다. 단지 아주 작은 희망일지라도 그것으로 인해 침대에서 벗어날 수 있다면 모든 것을 희생해서라도 일어나야 한다고. 하지만 동시에 이따금씩 마음을 차분하게 먹는 편이 성급하게 굴다 자포자기 하게 되는 것보다 훨씬 더 낫다는 것을 스스로에게 상기시키는 일도 잊지 않았다. 그러는 동안에도 그는 날카로운 시선으로 창문을 올려다보았다. 유감스럽게도 거리가 온통 안개로 뒤덮여 힘이 될 만한 그 어떤 것도 느낄 수는 없었다.

'벌써 7시네.'

그는 자명종이 다시 울리는 소리를 듣고 속으로 말했다.

'7시가 됐는데도 아직도 저렇게 안개가 끼어 있군.'

그러고는 잠시 조용하고 약한 호흡을 하면서 누워 있었다. 마치 모든 것이 멈춰 있는 상황에서 현실적이고 평범한 상태로 돌아가기를 기대하는 듯했다. 그러나 그는 곧 스스로에게 말했다.

'7시 15분이 되기 전에는 무슨 일이 있어도 침대에서 벗어나야만 해. 그때까지 누군가 나를 찾으러 회사에서 올 거야. 회사는 7시 전에는 업무를 시작하니까.'

그는 이제 몸 전체를 침대 밖으로 내밀기 위해서 균형

을 잡으며 몸을 흔들기 시작했다. 이렇게 움직이다 침대에서 떨어진다고 해도 머리를 잽싸게 쳐든다면 아마 머리만은 다치지 않을 것이다. 등은 딱딱했다. 그러므로 양탄자 위에 떨어진다고 해도 아무렇지 않을 것이다. 그에게 가장 큰 걱정은 떨어질 때 나는 소리였는데, 다른 방에 있는 사람들에게 놀라움까지는 아니더라도 무슨 일인가 하는 근심을 자아낼 것임은 분명했기 때문이다. 그렇다고 해서 시도를 하지 않을 수도 없는 상황이었다.

'자, 해 보자.'

그레고르가 반쯤 침대로부터 빠져나왔을 때—이 새로운 방식은 힘들기보다는 오히려 놀이 같았으며, 그냥 계속해서 그네 타듯 흔들어 주기만 하면 되었다—누군가가 그를 도와준다면 얼마나 편할까 하는 생각이 들었다. 힘센 사람이 두 명만 있어도—아버지와 가정부를 생각했다—충분했을 것이다. 그들은 손쉽게 그의 휘어진 등 아래로 팔을 집어넣어 그를 침대에서 끌어내릴 수 있을 것이며, 체중을 실어 몸을 숙이고 있다가, 그가 바닥에 내려서 다리에 감각을 느낄 수 있을 때까지만 조심스럽게 참아주기만 하면 될 것 같았다. 그다음엔 그의 조그만 다리들이 감각을 되찾기를 바라면 될 일이었다.

그런데 방문들이 모두 잠겨 있다는 것은 둘째치고, 정

말로 도움을 요청해야 하나? 곤경에 처해 있으면서도 이런 생각에 이르자 삐져나오는 웃음을 참을 수가 없었다. 이미 그는 몸을 심하게 흔들어 더 이상 균형을 잡을 수 없을 정도가 됐으며, 최대한 빨리 결정을 내려야만 했다. 5분 뒤면 7시 15분이 되기 때문이다. 그때 현관에서 초인종이 울렸다.

'아, 드디어 회사에서 누가 왔군.'

그는 탄식하며 몸이 굳어지는 것을 느꼈다. 그러는 동안에도 작은 다리들은 오히려 더 바쁘게 움직였다. 잠시 사방이 적막으로 휩싸였다.

'문을 열어주지 않는구나.'

그는 혼자만의 희망을 갖고서 속으로 말했다. 그러나 다음 순간, 항상 그랬듯이 가정부가 문을 열어 주었다. 그레고르는 방문객의 첫 번째 인사말만 듣고도 그가 누구인지 대번에 알 수 있었다. 업무 대리인이다. 업무 대리인이 직접 집으로 찾아온 것이었다.

나는 왜 조금만 지각을 해도 금방 엄청난 의심을 받는 그런 회사에서 근무해야 하는 운명을 타고났는가? 다른 직원들은 모두 건달들뿐이란 말인가? 충직하고 헌신적인 인간은 단 한 명도 없단 말인가? 몇 시간 안 되는 아침 시간을 회사를 위해 다 쓰지 못했다고 양심에 가책을 느끼며

바보처럼 침대에서 떠나지 못하는 나는 또 어떻게 되어먹은 인간인가? 뭔가 알아보도록 사람을 보내려면 수습사원을 하나 보내면 될 것을, 꼭 업무 대리인이 와야 하나? 그렇게 해서 이 의심스러운 경우를 조사하는 데에는 업무 대리인의 분별만이 믿을 만하다는 것을 아무것도 모르는 가족에게 꼭 보여 줘야만 하나?

올바른 판단에서라기보다는 이러한 생각을 하다 보니 화를 이기지 못한 나머지 그는 있는 힘을 다해 침대에서 펄쩍 뛰어내렸다. '쿵' 소리가 났다. 하지만 뭔가 무너지는 것 같은 큰 소리는 아니었다. 그가 떨어지면서 낸 소리는 양탄자 때문에 충격이 완화되었고, 또한 그레고르가 생각한 것보다도 등은 더 탄력적으로 반응했다. 그렇기에 모두에게 들릴 정도의 요란한 소리가 난 것은 아니었다. 단지 균형을 유지하지 못하는 바람에 머리를 바닥에 부딪치고 말았을 뿐. 그는 화도 나고 아파서 머리를 양탄자에 대고 마구 비볐다.

"저 안에서 뭔가가 떨어진 것 같은데요?"

왼쪽 방에 있는 업무 대리인이 말했다. 그레고르는 언젠가 지배인에게도 오늘 그에게 일어난 것과 같은 일을 겪게 되지 않을까 하고 상상해 보았다. 그럴 가능성은 충분히 있는 것이다. 이러한 질문에 대해 단호한 답변이라도 하려는 것처럼, 업무 대리인은 몇 걸음 뚜벅뚜벅 거닐면서 에나멜 장화 소리를 거칠게 냈다. 오른쪽 방에서는 여동생이 그레고르에게 알려주기 위해 속삭였다.

"오빠, 업무 대리인이 왔어."

"알고 있어."

그레고르는 겨우 말을 꺼내긴 했지만 여동생이 알아들을 수 있도록 목소리를 크게 높일 순 없었다.

"그레고르," 이번엔 아버지가 왼쪽 옆방에서 말했다.

"업무 대리인님이 오셨단다. 네가 왜 새벽 기차로 떠나지 않았는지 알고 싶어 하시는구나. 나는 상황을 모르니 뭐라고 말씀을 드려야 할지 모르겠구나. 너와 개인적으로 직접 얘기하고 싶어 하신다. 자, 이제 문을 열도록 해라. 방 안이 어질러진 것쯤이야 이해하실 분인 듯하구나."

"잠자 씨, 좋은 아침입니다."

그 사이에 기다렸다는 듯 업무 대리인이 상냥한 목소리로 외쳤다. 어머니는 지배인에게 말했다.

"우리 애가 몸이 안 좋은가 봐요, 업무 대리인 님. 절 믿어 주세요. 그렇지 않다면 왜 기차를 놓쳤을까요. 우리 애는 일 외에는 어떠한 것도 생각하지 않아요. 저녁때는 집 밖으로 한 번도 나가지 않아서 화가 나기도 한답니다. 8일 동안 시내에 있었지만 매일 저녁때에는 집에만 있었지요.

우리와 함께 식탁에 앉아서 조용히 신문을 읽거나 차량 운행 시간표를 들여다봤어요. 그리고 톱으로 뭔가를 만들 때 가장 즐거워했답니다. 예를 들어 2~3일에 걸쳐 저녁 시간 동안 작은 액자를 세공했어요. 얼마나 예쁜지 업무 대리인 님도 감탄하실 거예요. 그레고르가 방 안에다 걸어놨어요. 그레고르가 문을 열면 보실 수 있을 거예요. 업무 대리인 님이 와 주셔서 얼마나 기쁜지 모르겠어요. 우리끼리는 그레고르가 문을 열도록 하지 못했을 거예요. 고집이 센 아이거든요. 분명히 몸이 좋지 않을 거예요. 비록 아침에는 그렇지 않다고 했지만요."

"금방 나갈게요."

그레고르는 말이 잘 들리도록 신중하게 대답하고는 다시 꼼짝도 하지 않았다. 그들의 대화 내용을 한마디도 놓치지 않기 위해서였다.

"부인, 저도 달리 어떻게 설명할 수가 없네요."

업무 대리인은 말했다.

"증세가 심각하지 않기를 바랄 뿐입니다. 다른 한편으로 또 말씀을 드리지 않을 수 없군요. 우리 같은 장사꾼들은 몸이 조금 아픈 것 정도는 장사를 위해서라도 가능한 한 참고 견디면서 넘어가야 한다는 것이죠."

"자, 이제 업무 대리인님이 네 방에 들어가도 되겠니?"

참다못한 아버지가 물으면서 다시 문을 두드렸다.

"안 돼요."

그레고르가 다급하게 말하자 왼쪽 옆방은 난처한 침묵에 싸였고, 오른쪽 옆방에서는 여동생이 훌쩍이며 울기 시작했다. 도대체 여동생은 왜 다른 사람들이 있는 곳으로 가지 않았을까? 그녀는 분명 이제야 침대에서 일어나 옷을 제대로 입지 않았을지도 모른다. 그런데 울긴 왜 우는 거지? 내가 일어나지도 않고, 업무 대리인을 안으로 들이지도 않기 때문에? 내가 직장을 잃을 위기에 처해 있기 때문에? 그렇게 되면 사장이 다시 부모님에게 해묵은 빚 독촉으로 괴롭힐까 봐? 하지만 그런 건 당장은 불필요한 걱정들이었다.

그레고르는 아직 여기에 있고, 그는 그의 가족을 포기할 생각은 조금도 없었다. 그는 잠시 양탄자 위에 누워 있을 뿐이고, 그의 상태를 어느 누구라도 알았다면 업무 대리인을 들이라고 그에게 심각하게 요구하지는 못했을 것이다. 나중에라도 쉽게 변명을 할 수 있는 이러한 사소한 문제로 그레고르가 당장 회사에서 쫓겨날 리는 만무했다. 그레고르의 생각에는 울고불고하면서 자꾸 귀찮게 하기보다는 그냥 가만히 놔두는 것이 훨씬 현명하리라 여겨졌다. 하지만 예상과는 다르게 그의 이런 어중간한 태도가 다른 사람들을 초조하게 만들고 그들의 행동을 더 합리적인 것으로 보이게 했다.

"잠자 씨."

업무 대리인은 격앙된 목소리로 불렀다.

"무슨 일인가요? 당신은 방에 틀어박힌 채 그저 네, 아니오 정도로만 대답하면서 부모님께 쓸데없는 걱정을 끼치고 있소. 덧붙이자면 당신은 듣도 보도 못한 야릇한 방식으로 당신의 직업상의 의무도 소홀히 하는 거요. 나는 지금 당신의 부모와 당신의 사장 이름으로 말하고 있소. 당장 분명하게 해명할 것을 진지하게 요구하는 바요. 참으로 믿기지 않는 일이요. 당신은 조용하고 이성적인 사람이라고 생각했는데, 이제 보니 이상하고 변덕스러운 기질이 있었구료. 사장님이 오늘 아침 일찍 당신이 지각한 이유에 대해 귀띔을 해주셨소. 얼마 전에 당신에게 맡긴 미수금 때문이라고. 하지만 나는 그런 건 터무니없는 말이라고 당신을 한껏 옹호했소. 그런데 여기 와서 당신의 그 이해할 수 없는 고집을 보고 나니, 당신을 옹호해 줄 마음이 싹 가시고 말았소. 당신의 자리도 결코 확고한 것만은 아니오. 원래는 당신하고만 모든 것을 얘기하려고 했지만 당신이 쓸데없이 내 시간을 낭비하게 하고 있으니 당신 부모님이 알게 된다 하더라도 난 모르겠군요. 최근 당신의 실적 또한 그렇게 만족스럽지 못해요. 물론 지금은 장사가 썩 잘 되는 계절은 아니죠. 우리도 알고 있어요. 하지만 장사를 하는 데 어떤 특정한 계절이 있는 것은 아니오. 잠자 씨, 그 런 계절이 있어서도 안 돼요."

"하지만 업무 대리인님."

그레고르는 이성을 잃고 외쳤으며 흥분해서 다른 모든 것을 잊어버렸다.

"즉시 문을 열겠습니다. 조금 몸이 좋지 않았고 현기증 때문에 일어나지 못했어요. 아직 침대에 누워 있어요. 하 지만 지금 다시 상쾌해졌어요. 바로 침대에서 내려갈게요. 조금만 더 기다려 주세요. 상태가 여전히 좋지는 않아요. 하지만 괜찮아졌어요. 어떻게 이렇게 갑자기 아플 수가 있 을까요. 어제 저녁에만 해도 아주 좋았어요. 그건 우리 부 모님이 잘 알아요. 아니, 어제 저녁부터 약간의 그런 예감 을 느꼈던 것은 사실이에요. 잘 눈여겨본 사람은 내 몸 상 태를 눈치챘을 거예요. 내가 그 사실을 왜 회사에 알리지 않았을까! 하지만 보통 우리는 집에 누워 있지 않고도 병 을 이겨 낼 수 있다고 늘 생각하거든요. 업무 대리인님! 우 리 부모님을 괴롭히지 마세요! 지금 제게 쏟아붓는 모든 비난들은 아무 근거가 없어요. 누구도 나에게 그렇게 말하 지 않았어요. 당신은 아마도 제가 보냈던 최근 주문서를 읽지 않으셨나 보군요. 어쨌든 8시 기차를 타고 출장길에 오를 거예요. 몇 시간 쉬었더니 기운이 나는군요. 업무 대리인님도 여기 계시지 마세요. 곧 회사에 들를게요. 사장님께도 그렇게 말씀드려 주시면 고맙겠어요!"

그레고르는 자신이 무슨 말을 했는지도 알지 못하면서 이 말들을 급하게 내뱉는 동안, 이미 침대에서 연습을 충분히 해서인지 쉽게 궤짝으로 다가가 거기에 의지하여 자리에서 일어나려고 하였다.

그는 정말로 문을 열려고 하였으며, 정말로 자신의 모습을 드러내고 업무 대리인과 말하려고 하였다. 그레고르는 문이 열리기를 고대하고 있는 사람들이 자신의 모습을 보았을 때 어떤 반응을 보일지 너무나 궁금했다. 설령 그들이 놀란다 해도 그레고르의 책임은 아니니 그는 태연할 터였다. 그러나 그들이 모든 것을 조용히 받아들인다면 그 또한 흥분할 이유가 없으니 서두른다면 8시 기차를 탈 수 있을 것이다. 그는 몇 번이고 표면이 매끈한 궤짝에서 미끄러졌지만 마침내 마지막 힘을 쥐어짜내어 똑바로 섰다. 하체에 격심한 통증이 느껴졌지만 더 이상 신경 쓰지 않았다. 그는 가까이에 있는 의자 등받이에 기대어 넘어지면서 의자의 모퉁이를 그의 다리로 꽉 잡았다. 그렇게 함으로써 자신을 통제할 수 있었다. 이제 업무 대리인이 말하는 것을 들을 수 있었기 때문에 그는 침묵했다.

"당신들은 단 한마디라도 이해하셨나요?"

업무 대리인이 부모님에게 물었다.

"저 친구가 우릴 우롱하는 건 아니겠죠?"

"그럴 리가요."

어머니가 울먹이면서 큰소리로 말했다.

"저 애가 아마도 많이 아픈가 봐요. 우리가 저 애를 괴롭히고 있어요. 그레테! 그레테!"

"왜요, 어머니?"

반대쪽에서 여동생이 말했다. 그들은 그레고르의 방을 사이에 두고 의사소통을 했다.

"당장 의사 선생님께 갔다 오너라. 그레고르가 아프단다. 빨리! 지금 그레고르가 말하는 것을 들었니?"

"그건 사람이 아니라 짐승의 소리였어요."

업무 대리인이 사뭇 차분한 목소리로 싸늘하게 말했다.

"안나! 안나!"

아버지는 거실 너머 쪽에 있는 부엌을 향해 큰소리쳤다.

"빨리 가서 열쇠장이를 불러와라!"

두 처녀는 치마를 쓸며 거실을 지나―어떻게 여동생은 그렇게 빨리 옷을 입었을까?―현관문을 활짝 열어젖혔다. 문이 닫히는 소리는 들리지 않았다. 문을 열어놓고 간 것 같았다. 큰 불행을 당한 집에서 늘 일어나는 모습이 그렇듯이.

반면 그레고르는 훨씬 더 평온해졌다. 물론 다른 사람들은 그의 말을 전혀 알아들을 수 없었지만 그에게는 그 말들이 예전보다 더 명확하게 들렸는데 아마도 귀가 적응했기 때문일 것이다. 여하튼 사람들은 이제 그가 완전히 정상이 아니라 여겼고 그를 도와야 한다는 생각을 하고 있었다. 그들이 첫 번째 지시를 내릴 때 느꼈던 그 확실성과 자신감이 그의 마음에 들었다. 그는 다시 인간들의 영역에 포함되는 것처럼 느꼈고 의사든 열쇠장이든 상관없이 두 사람이 그를 위해 대단하고도 놀라운 일을 해 주기를 바랐다.

그리고 다가오는 결정적인 대화에서 가능한 한 뚜렷한 목소리를 내기 위해서 헛기침을 했다. 물론 그러면서 그는 목소리를 최대한 줄였다. 자신이 판단할 일은 아니었지만, 어쩌면 이러한 기침 소리 또한 인간의 그것과 다르게 들릴 수 있기 때문이다. 그 사이에 옆방은 아주 조용해졌다. 아마도 부모님은 업무 대리인과 함께 식탁에 앉아서 귓속말을 하거나 아니면 모두들 문에 붙어서 엿듣고 있는지도 모를 일이었다.

그레고르는 의자에 앉은 채로 천천히 문 쪽으로 가서 의자는 내버려두고 문을 향해 몸을 던져 기댄 채 똑바로 서서 잠시 한숨 돌렸다. 다리들 중에서 발바닥이 볼록한 부분에서는 약간의 점액이 흘러나온 것이 보였다.

그는 잠시 생각하다가 자물쇠에 꽂혀 있는 열쇠를 입으로 돌려 볼 작정을 하였으나, 황당하게도 그에겐 이라고는 하나도 없는 것이었다. 그렇다면 도대체 무엇으로 열쇠를 움켜쥘 수 있단 말인가? 하지만 턱은 확실히 그것을 잡을 만큼 강했다. 턱의 힘으로 그는 실제로 열쇠를 움직였는데 그 때문에 어딘가 상처가 난 것 같았다. 왜냐하면 입에서 흘러나온 갈색의 액체가 열쇠 위로 흘러서 바닥에 뚝뚝 떨어지고 있었기 때문이다. 하지만 그는 더 이상 개의치 않았다.

"저 소리를 좀 들어 보세요."

옆방에서 업무 대리인이 말했다.

"저 친구가 열쇠를 돌리고 있나 봐요."

그 말을 듣자 그레고르는 힘이 났다. 하지만 아버지와 어머니를 포함한 모두가 그를 응원해야만 했다.

"좋았어, 그레고르!"라고 그들은 외쳐야 했다. "조금만 더. 조금만 더!"

그리고 그는 옆방의 사람 모두가 자신의 애쓰는 모습을 손에 땀을 쥐고 보고 있다고 생각하면서 있는 힘을 다해 열쇠를 악물었다. 열쇠가 돌아가면서 그의 몸도 자물쇠 주위를 따라 돌아갔다. 이제는 입으로만 의존하여 자신의 몸을 가누고 있었다. 그리고 필요에 따라서는 열쇠에 매달리기도 하다가 온몸의 무게를 이용하여 열쇠를 아래로 내리눌렀다. 마침내 철컥하고 열쇠가 열리는 소리에 그레고르는 정신이 번쩍 들었다. 숨을 내쉬면서 속으로 말했다.

'열쇠장이 따위는 필요하지 않아.'

드디어 그는 문을 활짝 열어젖히기 위해 머리를 손잡이 위에 올려놓았다. 움직이기가 불편한 탓에 어쩔 수 없이 이러한 방식으로 열려고 하다 보니, 문이 꽤 많이 열린 상태였음에도 불구하고 그의 모습은 밖에서는 볼 수가 없었다. 그는 우선 한쪽 문짝을 등지면서 천천히 몸을 한 바퀴 돌렸다. 그것도 아주 조심스럽게. 왜냐하면 거실로 들어서기 전에 뒤로 벌렁 나자빠지고 싶지 않았기 때문이다. 그 움직임은 너무 어려워서 다른 것들에는 전혀 주의를 기울일 수도 없었는데 그 사이, 그의 귀엔 업무 대리인이 큰 소리로 "오!"라고 내뱉는 소리가 들렸다.

그 소리는 마치 고함소리 같았다. 이제 그도 문가에 서 있는 업무 대리인이 보였다. 그와 눈이 마주치는 순간, 업무 대리인은 마치 보이지 않는 어떤 힘이 그를 내모는 듯이 벌어진 자기 입을 두 손으로 막으며 공포에 젖어 슬금슬금 뒤로 물러나고 있었다. 그 옆에 서 있던 어머니는 놀라서 휘둥그레진 표정으로 업무 대리인이 와 있음에도 불구하고 밤새 풀어져 헝클어진 머리로 서 있다가 더듬더듬 아버지 쪽을 바라본 후, 그레고르 쪽으로 두어 걸음 떼어 놓다가 그녀의 주변으로 넓게 펼쳐진 치마폭 한 가운데에 털썩 주저앉고 말았다. 아버지는 험상궂은 표정을 지으며 머리를 감쌌다가, 그레고르를 다시 그의 방으로 몰아넣으려는 듯 주먹을 불끈 쥐고 황망히 거실을 둘러보았다. 그러고는 눈의 초점을 둘 곳을 몰라 당황해하더니 두 손으로 얼굴을 가리며 울음을 터뜨렸다. 아버지의 넓은 가슴이 심하게 흔들렸다.

그레고르는 더는 거실로 나오지 못하고 그냥 자기 방 안쪽에서 굳게 걸려 있는 한쪽 문에 몸을 기댄 채 서 있었다. 때문에 그의 몸은 반쪽만, 그리고 몸뚱이 위의 옆으로 갸우뚱한 머리만 보였다. 그는 그런 모습으로 다른 사람들을 물끄러미 바라보았다.

그러는 동안 밖은 훨씬 환해졌다. 맞은편 거리에 있는 기다란 회색의 병원 건물이 뚜렷하게 보였다. 건물 정면은 유리창들이 아주 엄격하게 재단한 듯 규칙적으로 달려 있었다. 아직도 비가 내리고 있었다. 식탁 위에는 아침 식사에 쓰이는 그릇들이 즐비하였다. 아버지에겐 아침이 가장 중요한 식사였기 때문이다. 아버지는 몇 가지 신문을 보면서 몇 시간에 걸쳐 식사를 했다. 바로 맞은편 벽에는 군대 시절 그레고르의 사진이 걸려 있었다. 사진 속의 그는 소위였다. 제복을 입은 그는 손을 군도에 올려놓고 태연스레 미소 지으며 그의 자태와 계급장을 향해 경의를 표할 것을 요구하는 표정이었다.

현관으로 통하는 문은 열려 있고, 거실 문도 열려 있었기 때문에 거실의 입구 쪽과 아래층으로 이어지는 계단의 첫머리가 다 보였다.

"자."

그레고르는 말했다. 그는 자기만이 평정을 유지하고 있다는 사실을 잘 알고 있는 것 같았다.

"당장 옷을 입고 견본을 챙겨서 출발할 거예요. 내가 출발하도록 도와줄 거죠? 그렇게 할 거죠? 자, 업무 대리인님, 보세요. 전 고집불통이 아니고 일하는 것을 좋아해요. 출장은 힘들지만 출장을 가지 않을 수 없잖아요. 업무 대리인님, 대체 어디로 가시는 거예요? 회사로? 그런가요? 당신은 모든 것을 사실대로 보고하실 건가요? 누구에게나 일을 할 수 없는 상황이 올 수 있잖아요. 제발 예전 저의 실적을 생각해 주세요. 어려움을 극복하고 난 다음에 확실히 더 성실해지고 열심히 일하게 되는 시기가 있잖아요. 제가 사장님께 너무나도 충실한 직원이라는 것을 업무 대리인님도 잘 아시잖아요. 한편으로 부모님과 여동생이 걱정돼요. 제가 어려움에 빠져 있기는 하지만 다시 극복할 수 있을 거예요. 하지만 현재의 상황보다 더 어렵게 만들지는 말아 주세요. 회사에서 제 편이 되어 주세요. 사람들이 외판원을 좋아하지 않는다는 것을 알고 있어요. 외판원은 많은 돈을 벌고 멋진 삶을 산다고 생각하고 있어요. 이러한 선입견을 바꿀 특별한 방도는 없는 거 같아요. 하지만 업무 대리인님은 그 부분에 대해서 다른 직원들보다, 아니 믿고 말하는 것이지만, 사장님보다도 더 나은 통찰력을 가지고 계시잖아요. 사업가인 사장님은 위치 때문에 피고용인에게 불리한 판단을 하잖아요. 업무 대리인님도 잘 아시다시피, 출장 가는 직원들은 1년 내내 외근이고, 그래서 쉽게 험담이나 뜻밖의 사고, 사건 그리고 근거 없는 불평의 희생양이 되잖아요. 그러한 것들에 완전히 대응하기란 불가능하죠. 왜냐하면 출장 간 사람은 그것들이 어떤지 전혀 알지 못하기 때문이에요. 출장을 마치고 너무 지쳐 집에서 쉬고 있을 때, 자신의 몸에 원인을 알 수 없는 나쁜 결과가 생겼다는 것만 알 뿐이죠. 업무 대리인님, 제가 한 말이 적어도 일부는 맞는다고 시인하는 말씀 한마디 해 주시겠어요? 아무런 말없이 이대로 떠나지는 말아 주세요."

그러나 업무 대리인은 그레고르가 처음 말을 내뱉었을

때 이미 등을 돌리고 어깨를 움찔거리며 공포와 혐오감으로 입을 다물지 못한 채 그레고르를 돌아봤을 뿐이다.

그리고 그레고르가 말하는 동안에 잠시도 가만히 있지 못하고 그레고르에게서 눈을 떼지 않은 채, 문 쪽으로 슬금슬금 뒷걸음질치고 있었다. 그 방을 나가면 안 된다는 비밀스런 금기라도 있는 듯이 조심스럽고 아주 천천히, 그는 어느새 현관을 향하고 있었다. 마침내 현관에 이르자 업무 대리인은 오른손을 계단을 향해 쭉 뻗었다. 마치 그곳에 그를 기다려주는 초월적인 구원의 손길이 있어 붙잡기라도 하려는 듯이. 거실에서 마지막 발을 떼는 순간 후다닥 꽁무니가 빠지도록 도망치는 그의 모습을 보았다면 그의 신발에 불이 붙었다고 생각했을 것이다.

그레고르는 이 상황으로 인해 회사에서 자신의 자리가 크게 위협받지 않을지라도, 이러한 분위기에서 업무 대리인을 그냥 가도록 내버려 둬서는 절대 안 된다고 생각했다. 부모님은 그러한 것을 이해하지 못하셨다. 그들은 오랫동안 그레고르가 회사에서 일하면서 평생 거기서 일하리라는 확신을 가졌고, 지금 당장을 걱정하느라 미래를 생각할 수 없었다. 하지만 그레고르는 업무 대리인을 멈춰 세운 후 진정시키고 설득해서 결국 자기편으로 만들어야만 했다. 그레고르와 가족의 미래가 바로 여기에 달려 있었기 때문이다!

여동생이 여기 있었더라면! 그녀는 영리했다. 그레고르가 아직 태연히 누워 있을 때도 이미 눈물을 흘린 그녀였다. 그녀라면 여자를 좋아하는 그 업무 대리인의 마음을 사로잡을 수 있을 텐데, 그녀라면 현관문을 잠가 놓고 현관에서 그에게 그 끔찍한 일에 대해 자초지종을 말할 텐데. 그러나 여동생은 지금 없다.

그레고르가 직접 움직여야 했다. 현재 그의 몸을 제대로 움직일 수 있는 요령이 전혀 없다는 것도, 또한 그의 말이 사람에게 이해되지 않았다는 것도 간과한 채 그는 문짝을 벗어나서 문틈으로 몸을 밀었다. 출입구 난간을 두 손으로 우스꽝스럽게 꽉 잡고 있는 업무 대리인에게 가려고 했다. 하지만 멈출 곳을 찾은 후에 작은 비명을 지르면서 엎어졌다. 넘어지는 순간 바로 그는 오늘 아침 처음으로 육체적인 쾌감을 느꼈다. 다리들은 딱딱한 바닥을 짚고 있었다. 마치 그가 왜 기뻐하는지를 알아챈 것처럼 그에게 완전히 복종했다. 심지어 그가 가고자 하는 곳으로 주저 없이 움직였다. 그리고 모든 고통이 완전히 다 낫는 순간이 머지 않았다고 느끼게 했다. 하지만 움직이는 감각을 찾으려고 좌우로 흔들거리며 어머니 맞은편 바닥에 엎드려 있는 그 순간, 완전히 정신을 잃었던 것 같던 어머니가 갑자기 펄쩍 뛰어오르며 양팔을 활짝 벌리고 손가락까지 펼친 채 소리쳤다.

"사람 살려, 제발, 살려 주세요!"

그녀는 그레고르를 더 잘 보려는 것처럼 머리를 기울였지만, 그와 반대로 몸은 무의식적으로 뒷걸음질을 쳤다. 뒤에 식탁이 있다는 것을 잊어버린 그녀는, 식탁 위에 그대로 주저앉아 버렸다. 그 위에 차려진 커피 주전자가 엎어져 커피가 양탄자 위로 한꺼번에 쏟아졌는데도 그녀는 전혀 알아채지 못했다.

"어머니, 어머니."

그레고르가 나지막하게 말하고 그녀를 올려다보았다. 그는 잠시 업무 대리인을 잊어버렸다. 그러다 흐르는 커피를 본 그는 몇 번이고 턱으로 헛되이 커피 주전자를 잡으려 애썼다. 그 모습을 보고 어머니는 다시 소리를 꽥 지르며, 식탁에서 벗어나 그녀 앞으로 급하게 오는 아버지 품에 안겼다. 하지만 그레고르는 부모님을 상대할 시간이 없었다. 업무 대리인이 이미 계단을 내려가고 있었기 때문이다.

턱을 난간에 얹은 채, 그는 마지막으로 한 번 더 뒤돌아보았다. 그레고르는 업무 대리인을 확실히 따라잡기 위해 마구 달렸다. 업무 대리인도 뭔가 낌새를 알아챘음이 분명했다. 왜냐하면 몇 계단을 한꺼번에 뛰어넘어 사라졌기 때문이다. 내지르 듯이 소릴 질렀고 그 소리는 계단 전체에 울려 퍼졌다. 그러나 유감스럽게도 이런 식으로 도망친 업무 대리인의 모습이 이제까지 상대적으로 침착하던 아버지를 극심한 공황 상태로 내몬 것 같았다.

왜냐하면 그는 업무 대리인을 쫓아 달려가지도 않고, 그레고르가 업무 대리인을 쫓아가는 것을 막지도 않는 대신 오른손으로 업무 대리인의 지팡이를 잡고—지배인이 모자와 외투를 소파 위에 놓고 갔다—왼손으로 식탁의 신문을 가지고 와서 발을 쿵쿵 구르며 지팡이와 신문을 휘두르면서 그레고르를 그의 방으로 몰아넣으려 했기 때문이다. 그레고르가 아무리 애원해도 아무 소용없었고 아버지는 그의 애원을 알아듣지도 못했다. 그는 순종하듯 머리를 조아리고 싶었지만 아버지는 점점 더 세차게 발을 구를 뿐이었다. 저편에서는 차가운 날씨에도 불구하고 어머니가 유리창을 활짝 열어젖히고서 얼굴을 밖으로 내밀고 눈물을 감추듯 손으로 얼굴을 감싸 쥐고 있었다. 골목길과 계단 사이에서 한줄기 세찬 돌풍이 일어 창문 커튼이 바람에 날렸고, 식탁 위의 신문들이 펄럭이더니 몇 장은 바닥으로 떨어졌다. 아버지는 인정사정없이 다그치면서 마치 야만인같은 쉿쉿 소리를 내며 그를 사정없이 방으로 몰았다. 하지만 그레고르에게 뒷걸음질은 한 번도 해보지 않은 동작이었기에 정말로 아주 천천히 진행되었다. 만약 그레고르에게 몸을 돌릴 틈을 주었다면 그는 당장에 그의 방으로 돌아갈 수 있었을 것이다.

느려 터진 동작이 아버지의 인내심의 한계를 건드릴까 겁이 났고, 당장이라도 아버지의 손에 들려 있는 지팡이가 그의 등이나 머리를 향해 치명적인 일격을 가할 것만 같았다. 그러나 마침내 그레고르에게는 다른 선택의 여지가 없었다. 왜냐하면 그가 뒷걸음을 칠 때에는 방향을 제대로 잡기 어렵다는 것을 소스라치게 놀라며 깨달았기 때문이다. 그렇게 그는 불안한 마음으로 아버지를 곁눈질하면서 가능한 한 빨리, 그러나 실제로는 아주 느리게 몸을 돌리기 시작했다. 아버지는 그의 의도를 알아챘는지 그를 방해하지 않고 멀리 떨어져서 다만 이리저리 회전하는 방향을 지팡이 끝으로 가리켰다. 다만 아버지가 그 참을 수 없는 쉿쉿 소리만 내지 않았더라면! 그레고르는 그 소리에 정신이 혼란스러웠다. 쉿쉿 소리 때문에 거의 미칠 지경에 이르렀을 때 그는 완전히 돌아섰다. 다행히 그가 문 앞까지 도착했지만, 문틈 사이로 머리를 넣으려니 몸이 너무 넓어서 통과할 수 없었다.

아버지는 그레고르가 들어갈 수 있도록 다른 문짝을 열어 줘야 한다는 생각을 하지 못했다. 그는 오로지 그레고르가 가능한 한 빨리 자신의 방으로 들어가기를 바랐다. 아버지는 그레고르가 일어서기 위해서, 또 이러한 방식으로 문을 통과하기 위해서 필요로 했던 번거로운 준비를 해주지 않을 것이었다. 오히려 아버지는 아무런 장애물이 없는 것처럼 기이한 소리를 내지르면서 그레고르를 앞으로 내몰았다. 그레고르의 뒤에서 울리는 음성은 아버지 한 사람이 내는 소리 같지 않았다. 정말 지긋지긋해진 그레고르는 문으로 돌진했다. 그의 몸 한쪽이 들려서 문을 열 때 비스듬히 눕혀졌는데 한쪽 옆구리는 문에 쓸려서 상처가 났고 흰색 문에는 흉측한 얼룩이 남았다. 문 사이에 꽉 끼인 그는 더 이상 혼자서 움직일 수 없는 상태였는데, 한쪽 편의 다리들은 바들바들 떨면서 공중에서 바둥거리고 있었고, 다른 쪽의 다리들은 바닥에 눌렸다. 그때 구원이라도 하듯 아버지가 뒤에서 그를 세게 밀쳤고 그는 피를 철철 흘리면서 방 안쪽으로 휙 나가떨어졌다. 아버지가 지팡이로 문을 꽝 닫았다.

남은 것은 정적뿐이었다.

2

해질 무렵이 되어서야 그레고르는 혼수상태와도 같은 깊은 잠에서 깨어났다. 사실 무언가가 그를 깨우지 않았어도 곧 일어났을 것이다. 왜냐하면 숙면으로 충분한 휴식을 취한 것처럼 느꼈기 때문이다. 그러나 그는 스치는 듯한 발걸음 소리와 현관 복도로 난 문을 조심스럽게 닫는 소리에 깨어났다. 가로등의 불빛이 천장과 가구들의 위쪽까지 창백하게 비추었지만 그레고르가 있는 침대 아래는 어두웠다. 그는 천천히 서툰 더듬이질을 하면서 무슨 일이 벌어졌는지 살펴보기 위해 문 쪽으로 배를 밀며 움직였다. 왼쪽 옆구리엔 길게 상처가 났는지 움직일 때마다 통증이 전해져 왔다. 때문에 그는 두 줄의 다리로 움직일 때마다 일정하게 절룩거렸다. 아침에 있었던 사건들로 인해 다리

하나가 심하게 상처를 입어—다리 하나만 다친 것은 거의 기적에 가까웠다—무감각하게 질질 끌렸다. 문간에 이르러서야 그는 자신을 이쪽으로 이끈 것이 무엇인지 깨달았다. 음식 냄새였다.

그의 눈앞에 흰 빵 조각들이 떠 있는 우유가 가득 찬 그릇이 놓여 있었다. 그는 너무나도 기뻐서 거의 웃을 뻔했고 아침과는 달리 엄청나게 배가 고팠기 때문에 그릇에 머리를 처박다시피 하며 우유를 먹기 시작했다. 하지만 이내 실망하여 머리를 들었다. 일단 아픈 왼쪽 옆구리 때문에 음식을 먹기 어려웠고—숨을 헐떡이며 온몸을 움직여야만 겨우 음식을 먹을 수 있었다—우유가 전혀 맛이 없었다. 예전에는 가장 즐겨 마시던 것이었고, 분명히 여동생이 가져다 놓았음에 틀림없을 것인데도 말이다. 그는 거의 역겨움을 느끼며 그릇을 등지고 방 한가운데로 기어서 돌아갔다.

그레고르는 문 틈새로 거실에 가스등이 켜져 있는 것을 보았다. 보통 이런 저녁 시간에는 아버지가 석간신문을 어머니나 혹은 여동생에게 큰 소리로 읽어 주곤 했는데 지금은 아무 소리도 들리지 않았다. 아버지가 신문을 낭독하는 것을 여동생이 늘 그레고르에게 이야기하거나 편지에 쓰곤 했는데 요즘 들어서 아예 없어진 모양이다. 사방이 고요하긴 했지만 분명 집에 사람이 없는 것 같지는 않았다.

'다들 뭐 하기에 이런 정적이 계속되는 거야?'

그레고르는 중얼거렸고, 그의 앞에 펼쳐진 어둠을 바라보다가 문득 부모님과 여동생이 이렇게 아름다운 집에서 생활할 수 있도록 애쓴 것에 대해 자부심을 느꼈다. 하지만 지금 이 모든 평안함과 유복함 그리고 만족스런 생활이 자신에게 닥친 끔찍한 일로 인해 종말을 고하게 된다면 어찌 될까? 그런 비극적인 생각에 빠져들지 않기 위해서 그레고르는 차라리 몸을 움직이기로 마음먹고 방 안을 이리저리 기어 다니기 시작했다.

긴 저녁 시간을 보내는 동안, 언젠가 한 번은 한쪽 문이, 다른 한 번은 다른 쪽 문이 살짝 열렸다가는 얼른 닫혔다. 누군가가 들어오려다가 머뭇거린 모양이었다. 그레고르는 거실로 향한 문 앞에 서서 주저하는 사람을 어떻게든 들어오게 하려 했다. 들어오지 않더라도, 적어도 누구인지는 알고 싶었다. 하지만 문은 더 이상 열리지 않았고 그레고르는 헛되이 기다릴 뿐이었다. 오늘 새벽, 문들이 다 잠겨 있을 때 모두들 그가 있는 방 안으로 들어오려 하더니만, 지금은 그가 열어 놓은 한쪽 문과 낮에 열린 채 닫히지 않는 문으로도 아무도 찾아오지 않았으며 열쇠도 이제 바깥쪽에 꽂혀 있었다.

한밤중이 되어서야 거실의 불빛이 꺼졌다. 부모님과 여동생이 그때까지도 자지 않고 있었다는 것을 알 수 있었다. 왜냐하면 지금 세 사람 모두 발꿈치를 들고 그의 방에서 멀어지는 소리를 확실히 들었기 때문이다. 아침까지 어느 누구도 그레고르의 방에 들어오지 않을 것이 확실했다. 그는 방해받지 않고 자신의 삶을 어떻게 추슬러야 할지 충분히 생각할 시간을 가질 수 있었다. 하지만 5년 전부터 그가 지낸 넓고 자유로운 방에서 납작하게 누워 있을 수밖에 없다는 사실이 그를 불안하게 만들었다. 그는 무의식적으로 몸을 돌리고는 수치스러움을 느끼면서 소파 아래로 서둘러 기어들어갔다. 희한하게 등이 약간 눌리고 머리를 들 수 없는데도 편안함이 느껴졌다. 단지 그의 몸이 너무 넓어 소파 아래에 완전히 감추어지지 않는다는 것이 유감일 뿐.

그곳에서 밤새 머무르며, 배가 고파서 깼다가 다시 선잠이 들었다가 하면서, 한편으로는 이러한 상황이 끝날 것인지 불분명한 희망과 걱정을 곱씹었다. 그리고 당분간은 인내심을 가지고 조심스럽게 행동하고 가족들에 대한 최대한의 배려를 통해 현재의 그의 상태가 가족에게 끼칠 수 있는 불쾌감을 되도록 줄여야 한다는 결론에 이르렀다.

이른 아침, 아직은 컴컴했다. 그때 그레고르는 자신이

한 결심의 힘을 실험해 볼 기회를 얻었다. 거실 쪽에서 옷을 다 차려입은 여동생이 조심스럽게 문을 열고 긴장한 표정으로 방 안을 들여다보았기 때문이다. 그녀는 그를 금방 발견하지 못했다. 그러나 그가 소파 밑에 있는 것을 보자—오, 하느님. 그는 어디엔가 있어야 했다. 날아서 사라질 수 없으니—그녀는 소스라치게 놀라 어쩔 줄을 모르고 밖으로 나가 잽싸게 문을 닫아 버렸다. 그러다가 그녀는 곧 자신의 행동을 후회하기라도 한 듯, 얼른 다시 문을 열고서 중환자나 낯선 사람이 있는 방에 들어오는 것처럼 발꿈치를 들고 살며시 들어왔다. 그레고르는 머리를 소파의 가장자리까지 앞쪽으로 내밀고서 그녀를 지켜보았다.

그녀가 알아챘을까? 그가 배가 고팠음에도 우유를 그대로 내버려 두었다는 것을. 그의 입맛에 맞는 다른 음식을 가져올까? 만약 동생이 눈치채지 못하면, 그레고르는 여동생의 발밑에 엎드려 뭔가 먹을 만한 것을 달라고 애원하러 소파 앞으로 나가야 하나 잠시 고민했다. 하지만 그렇게 주의를 끌기보다는 차라리 굶어 죽는 것이 낫다는 생각이 바로 떠올랐다. 여동생은 가장자리만 약간 핥은 흔적이 있을 뿐 우유가 아직 가득 담겨 처음 그대로 있는 대접을 보더니 이상하다는 표정을 짓고는 주위를 두리번거리더니 헝겊을 집었다. 그리고 헝겊으로 싼 손으로 대접을 집어

들고 밖으로 나갔다.

그레고르는 그녀가 우유 대신 무엇을 가져올지 몹시 궁금했다. 그는 이런저런 생각을 다 해보았다. 그러나 그녀가 어떤 선심을 베풀지는 아무리 추측하려고 해도 종잡을 길이 없었다. 그녀는 그가 좋아하는 것이 무엇인지 알아볼 요량으로 온갖 것을 다 가져와 신문지 위에 펼쳐놓았다.

거기에는 오래돼 반은 썩은 야채, 저녁 식사 후 남는 바람에 딱딱하게 굳은 하얀 소스가 덕지덕지 묻은 뼈, 몇 개의 건포도와 아몬드, 그레고르가 이틀 전에 먹을 수 없다고 말한 치즈, 마른 빵, 버터 발린 빵, 그리고 버터를 바르고 소금을 뿌린 빵 등이 있었다.

그러고는 그레고르용으로 가져온 것이 분명한 대접을 내려놓고는 그 모든 것을 쏟아 넣고 물을 부었다. 세심한 여동생은 그레고르가 그녀 앞에서는 먹지 않으리라는 것을 알아채고 배려하는 마음에서 얼른 그곳에서 나가 문을 닫고 열쇠까지 잠갔다. 그것은 그레고르가 마음 놓고 편하게 먹을 수 있다는 것을 알려주기 위함이었다. 그레고르는 다리를 급히 움직여 음식에 다가갔다. 이제 그의 상처는 완전히 아문 것 같았다. 그는 더 이상 아무런 불편도 느끼지 않았다. 그는 그러한 사실에 놀랐다. 한 달쯤 전에 칼에 조금 베인 손가락의 상처가 그저께까지 아팠던 것이 생각났기 때문이다.

'이젠 감각도 무뎌졌나?'

그렇게 생각하면서 치즈를 허겁지겁 핥아먹었다. 치즈가 다른 음식들보다도 먼저 그의 구미를 당겼던 것이다. 만족감에 눈물 콧물을 흘리며 연이어 재빨리 치즈와 야채 그리고 소스를 먹어 치웠다. 그런데 신선한 음식들은 맛이 없었다. 맛은 둘째 치고 냄새조차도 맡기 싫었다.

그는 그것들을 억지로라도 먹어 보려다가 옆으로 밀어 제쳐버리고 말았다. 어느새 반은 상한 음식들로 배를 채운 그는 그 자리에 그대로 게으르게 누워 있었다.

그때 여동생이 그에게 원래의 자리로 돌아가라는 신호로 천천히 열쇠를 돌리며 소리를 냈다. 그는 깜짝 정신이 들며 소스라치게 놀랐다. 한순간 잠이 들었던 것이다. 그는 얼른 다시 소파 밑으로 기어들어 갔다. 여동생이 들어와 잠시 머무는 동안 그는 소파 밑에서 숨도 제대로 못 쉬며 꼼짝 않고 있어야만 했다. 왜냐하면 많이 먹어서 몸이 부풀어 오른 데다 그곳은 너무 좁았기 때문이다. 숨이 턱까지 막혀 왔다.

여동생은 그가 먹다 남긴 음식뿐만 아니라 전혀 건드리지 않은 음식물까지도 모조리 쓰레기통에 넣어서 밖으로 나갔다. 그녀가 나가기가 무섭게 얼른 소파 밑에서 기어

나와 몸을 주욱 뻗으면서 숨을 내쉬며 몸을 부풀렸다.

그레고르는 이러한 모습으로 매일 음식을 얻어먹었다. 부모님과 가정부들이 잠들어 있는 아침에 한 번, 그리고 다른 한 번은 그들이 점심을 먹고 난 후였다. 점심 식사가 끝나면 부모님은 잠시 낮잠을 잤고 가정부는 여동생의 심부름으로 밖으로 나갔기 때문이다.

부모 역시 그레고르가 굶어 죽는 것을 바랄 리야 없겠지만, 그가 무엇을 먹는지에 대하여는 말로만 듣는 것 이상으로는 알려고 하지 않았다. 어쩌면 여동생은 부모가 겪는 슬픔을 조금이라도 덜어 주려는 마음에서 그러한 행동을 하는 것 같았다. 그렇잖아도 그들의 심경은 비참한 지경일 테니까.

그 첫날 오전에 어떠한 변명으로 의사와 열쇠장이를 돌려보냈는지 그레고르는 전혀 아는 바가 없었다. 어느 누구도 그의 이야기를 이해하지 못했다. 아무도, 여동생까지도 그가 사람의 말을 이해할 수 있으리라고는 생각하지 않았기 때문이다. 그래서 그는 여동생이 그의 방에 왔을 때 그녀가 내쉬는 깊은 한숨과 하나님을 찾는 기도를 듣는 걸로 만족해야만 했다.

그녀가 나중에 모든 것이 좀 익숙해졌을 때—완전하게 익숙해질 수는 없겠지만—그레고르는 여동생이 호의적으로 하거나 아니면 그렇게 해석할 수 있는 말을 한마디씩 하는 것을 들을 수 있었다.

"오늘은 맛이 좋았나 보네."

그가 음식을 남김없이 먹어 치운 날에는 그녀는 반가운 목소리로 그렇게 말했다. 그러나 반대인 경우엔—물론 이런 경우가 점차 많아졌지만—거의 슬픔에 잠긴 목소리로 말했다.

"뭐야, 이번엔 그냥 다 남겼잖아."

그레고르는 직접 새로운 상황을 겪을 수는 없었지만 많은 사실을 옆방에서 엿들었다. 작은 소리라도 들리면 얼른 그쪽으로 달려가서 온몸을 문에 밀착시켰다. 특히 초반에는 어떤 식으로든 그에 대한 대화들이 많았다. 이틀 동안은 식사 때마다 앞으로 어떻게 해야 할지에 대해 상의하는 이야기 소리가 들렸다. 식구들 중 최소한 두 명은 집에 있다는 결론이다. 아무도 혼자서는 집에 있으려 하지 않는 데다가 집을 완전히 비울 수 있는 상황도 아니기 때문이다. 가정부도 당장 첫날—그녀가 사건에 대해서 무엇을 얼마만큼 알고 있는지도 불분명하다—어머니에게 울며불며 어서 해고시켜 달라고 애원을 했으며, 그로부터 15분 뒤 작별을 할 때에는 눈물을 흘리며 마치 그게 여기서 그녀에게 베풀 수 있는 따뜻한 배려라도 되는 듯이 해고시켜

주어서 정말 고맙다는 말을 했고, 시키지도 않았는데 아무한테도 결코 발설하지 않겠다고 굳은 맹세까지 했다.

이제 여동생이 어머니와 함께 음식을 만들어야 했다. 가족들은 거의 먹지 않았기 때문에 그 일은 그다지 많은 수고를 하지 않아도 되었다. 그레고르는 식구들 중 하나가 다른 사람에게 헛되이 어서 먹으라고 권하고 그때마다 고작 "고마워요, 난 됐어요."라든가 아니면 그 비슷한 대답을 하는 것을 들었다. 술을 마시는 경우는 전혀 없는 것 같았다. 여동생이 가끔 아버지의 걱정을 덜어드리려고 맥주를 드시라고, 건물을 관리하는 아주머니를 시켜서 사오게 할 수 있다고 말했으나, 아버지가 큰 소리로 "아니다." 라고 말하면 그 얘기는 쑥 들어가고 말았다.

이미 첫 번째 날에 아버지는 집안의 재산 정도와 앞으로의 계획을 어머니와 여동생에게 말했다. 그는 식탁에서 일어나 5년 전 회사가 도산했을 때 건져 낸 조그만 비밀 금고에서 장부와 증서 같은 것을 꺼냈다. 복잡한 자물쇠를 열고서 그가 찾는 것을 꺼낸 뒤 다시 자물쇠를 잠그는 소리가 들렸다.

아버지의 설명은 그레고르가 감금되어 있던 이래로 들을 수 있었던 최초의 기쁜 소식이었다. 그레고르는 아버지에겐 회사가 망하면서 남은 게 아무것도 없다고 생각했었다. 적어도 그와 반대되는 얘기는 한 번도 한 적이 없었고, 사실 그레고르 역시 그것에 대해 물어본 적이 없었다. 그 때 그의 목표는 오로지 모든 희망을 앗아가 버린 사업의 실패 때문에 불행을 겪는 가족들을 가능한 한 빨리 행복하게 만드는 것이었다. 그래서 그는 모든 힘을 다해 일하기 시작했고 하룻밤 사이에 수습사원에서, 능력에 따라 돈을 벌 수 있는 가능성이 큰 외판원이 되었다. 그가 일한 만큼 즉시 중개료가 들어왔으며 그 돈을 받고 기쁨에 차서 행복해하는 가족의 모습을 볼 수 있었다. 그때가 정말 좋은 시절이었는데, 그 이후 그레고르가 가족 전체의 생활비를 감당할 수 있을 정도로 많은 돈을 벌어서 가져다줬음에도 불구하고 예전처럼 가족들이 기뻐하는 일은 없었다. 가족도 그렇고 그레고르 자신도 이러한 모습에 익숙해졌다. 물론 가족들은 돈을 받을 때에는 그레고르에게 고마움을 느꼈으며 그도 가족들을 위해 그가 번 돈을 기꺼이 내놓았다. 하지만 부모님은 그에게 그 이상의 특별한 애정을 주지는 않았다. 단지 여동생만이 그레고르를 친근하게 대해 주었다. 그리하여 그는 자신과 달리 음악을 정말 사랑하고 바이올린을 감동적으로 연주할 수 있는 여동생을 내년에 엄청난 비용을 감수하고라도 반드시 음악 학교에 보내고 말겠다는 은밀한 계획을 품고 있었던 것이다. 여동생과의 대화에서도 음악 학교 이야기가 자주 등장하였다. 그러나 여전히 실현이 요원한 꿈에 불과했고 부모는 그의 순진한 얘기를 귀담아듣지도 않았다. 그러나 그레고르는 확신을 갖고 크리스마스이브에는 그의 계획을 엄숙하게 공포할 생각이었다. 그가 문가에 바싹 붙어서 엿듣는 동안, 현재의 그의 처지에 비추어 봤을 때 아무짝에도 쓸모없는 그런 생각들이 그의 머릿속에서 맴돌았다.

가끔은 너무 피곤해서 말을 전혀 알아들을 수도 없고 무기력해져 머리를 문에 쿵 부딪치기도 했다. 그때마다 얼른 머리를 다시 가누었다. 작은 소리라도 옆방에선 놓치지 않았으며 그 작은 소리로 인하여 식구들 모두를 침묵하게 만들었기 때문이다.

"쟤가 또 뭘 하는 거야?"

아버지의 말이었다. 아마도 문 쪽을 바라보며 어떠한 궁금증으로 잠시 긴장하고 있었을 것이다. 잠시 후 그들의 중단되었던 대화는 서서히 이어졌다. 그레고르는 이제 충분히 알 수 있었다.―왜냐하면 아버지가 설명을 할 때 종종 반복했고, 다른 한편으로는 어머니가 모든 것을 바로 한 번에 이해하지 못했기 때문이다―불행 중 다행으로 옛날부터 조금 가지고 있던 아주 작은 재산이 있었는데 거기서 이자가 생겼다는 것이었다. 그 외에도 그레고르가 매달 주었던 돈을—아버지가 단지 몇 굴덴(금과 은을 세던 화폐단위)이라도 간직하고 있었고—전부 다 써 버리지 않았으며 적으나마 자본금으로 모았다는 것이었다. 문 뒤에 서 있던 그레고르는 열심히 고개를 끄덕이며 아버지의 의외의 신중함과 절약에 기뻐했다. 지금 남아 있는 돈으로 원래 사장님께 진 아버지의 빚을 계속 갚았다면 빚잔치를 끝내는 것이 훨씬 빨라졌을 테지만, 지금은 확실히 아버지가 돈을 모아 둔 것이 더 나은 상황을 만들었다.

그러나 그 돈은 가족들을 이를테면 이자로 먹여 살리기에는 턱없이 부족했다. 그 돈으로 아마도 가족들이 1년, 최대 2년을 버틸 수는 있겠지만 그 이상은 힘들었다. 그 돈은 헐어서는 안 되는 것이며 만일의 사태에 대비해 아껴 둬야만 했다. 생활을 유지하기 위해서는 별도의 생활비가 필요했다. 하지만 이미 5년 전부터 어떠한 일도 하지 않은 아버지는 건강하다 할지라도 노인이었고 그에게 많은 것을 기대할 수 없었다. 아버지는 지난 5년 동안 고되었지만 성공하지 못한 삶에서 벗어나 처음으로 휴식을 취하고 있었고, 그동안 살이 많이 붙어 몸이 몹시 굼뜨게 되었다. 그렇다면 이제, 집 안을 돌아다니는 것만으로도 힘들어하고, 이틀에 한 번씩은 천식 때문에 호흡 곤란으로 창문을 열어 놓고 소파에서 지내야만 하는 늙은 어머니가 돈을 벌어야 한단 말인가? 아니면 여동생이 돈을 벌어야 하나? 아직 열일곱 살밖에 안 된 아이로 지금까지의 생활 방식이란 고작 예쁘게 옷을 차려입고, 늦잠을 자고, 가사 일을 돕고, 가끔 있는 조촐한 오락회에 참석하고, 무엇보다 바이올린 켜는 게 전부인 그 애가?

이야기가 돈을 벌어야 한다는 필연성에 이르면 그레고르는 언제나 문 옆의 서늘한 가죽 소파에 몸을 던졌다. 부끄럽고 서글퍼서 몸이 화끈 달아올랐기 때문이다. 그는 그곳에서 한숨도 자지 않고 날이 샐 때까지도 누워 있었고 몇 시간이고 가죽을 할퀴기도 하였다. 그렇지 않으면 소파를 창가로 밀어 놓고 창문 아래 벽을 따라 기어 올라가 소파를 딛고 서서 창문에 기대곤 했다. 그럴 때마다 묘한 해방감을 느꼈는데, 그것은 그가 이전에 창문 밖을 내다보며 느꼈던 감정과 비슷한 느낌이었다.

그는 이제 날이 갈수록 조금 떨어진 곳의 사물이 흐리게 보였다. 전에는 너무 선명하게 눈에 띈다고 투덜거렸던 건너편의 병원 건물도 이제 더 이상 눈에 보이지 않았으며, 만약에 그가 조용하지만 도시 한가운데에 있는 샬로텐가에 살고 있다는 것을 정확히 기억하지 못했다면, 회색빛의 하늘과 땅이 구분되지 않는 황무지를 보고 있다고 믿어도 되었을 것이다.

눈치가 빠른 여동생은 딱 두 번 의자가 창가에 놓여 있는 것을 보았을 뿐인데, 그 이후로 방을 청소한 후에 매번 의자를 다시 정확하게 창가로 밀었고 심지어 안쪽에 있는 창문을 열어 놓기까지 했다. 그레고르가 여동생과 대화할 수 있고, 그녀가 그를 위해 하는 일들에 감사를 표할 수 있다면, 그는 그녀가 해 주는 일을 좀 더 가벼운 마음으로 받아들이거나 견딜 수 있었을 것이다. 하지만 그렇지 못했기에 그는 힘들었다. 여동생은 분명 고통스러운 이 모든 일을 가능한 한 짊어지려 했다. 시간이 지날수록 당연히 그녀도 이 일에 익숙해지고 있었지만 그레고르는 점점 모든 것을 훨씬 더 정확하게 알게 되었다. 그녀가 들어오는 것이 그에게는 끔찍한 일이었다. 그녀는 다른 때에는 모두에게 그레고르의 방을 보이지 않기 위해서 끝없이 주의를 기울이는데, 곧잘 방에 들어서자마자 문을 닫을 새도 없이 곧바로 창가로 달려갔다. 그러고는 거의 질식이라도 할 것처럼 다급히 뛰어 들어와 창문을 열고 추위도 아랑곳없이 깊은 숨을 들이마시고 내뱉었다. 이러한 뜀박질과 소음으로 그녀는 그레고르를 매일 두 번씩 놀라게 했다. 그 시간 동안 그는 소파 아래에서 떨면서 여동생은 힘드니까 그렇게 행동할 수밖에 없다고 자신을 달래곤 했다.

그레고르가 변신한 지 한 달이 지난 어느 날, 한번은 그녀가 그날따라 조금 일찍 와서 그레고르와 마주쳤는데, 그때 그는 움직이지 않고 똑바로 서서 창문 밖을 바라보고 있었다. 그는 자신이 그렇게 창가에 서서 그녀가 바로 창문을 열 수 없도록 방해했기 때문에 그녀가 들어오지 않으리라 예상은 했었다. 하지만 그녀는 들어서지 않았을 뿐만 아니라 심지어 뒤로 후다닥 물러나서 거칠게 문을 잠갔다. 낯선 이가 봤다면 그레고르가 숨어서 기다렸다가 그녀를 잡아먹을 거라고 생각했을 것이다. 그레고르는 당연히 바로 소파 밑으로 몸을 숨겼지만 여동생은 점심때나 되어서야 다시 들어왔다. 그녀는 다른 때보다 훨씬 더 불안해 보였다. 그것으로 여동생이 아직도 그를 보는 것을 역겨울 정도로 견딜 수 없어 한다는 것과, 앞으로도 계속 거북하게 여길 수밖에 없음을 알아야 했다.

소파 아래에 튀어나온 그레고르의 몸의 작은 부분이라도 보고 도망치지 않기란 아마도 그녀에게는 아주 힘든 일이었을 것이다. 그녀의 시야에서 이러한 그의 모습을 조금이라도 감추려고 그레고르는 어느 날 천 조각을 등에 지고 소파 밑으로 가서—그는 이 일을 하는 데 네 시간이나 걸렸다—자신의 몸이 완전히 가려지도록 천 조각을 잘 펴 여동생이 허리를 구부려도 그의 모습을 볼 수 없도록 했다. 그녀가 생각하기에 시트가 필요 없다고 여겼다면 치울 수도 있었을 것이다. 왜냐하면 이렇게 완전히 시야를 차단하는 것을 그레고르가 좋아하지 않는다는 것은 너무나 명백했기 때문이다. 그러나 그녀는 천 조각을 있는 그대로 두었으며 건드리지도 않았다. 그레고르는 이 새로운 상황을 어떻게 받아들이는지 살펴보려고 한번 조심스럽게 고개를 들어 천 조각을 조금 쳐들었는데 그녀가 감사하는 눈빛을 보인 듯한 느낌마저 받았다.

처음 2주 동안 부모님은 그의 방에 감히 들어올 엄두를 내지 못했다. 그레고르는 종종 지금 여동생의 역할에 대해 부모님이 크게 인정하는 것을 들을 수 있었다. 사실 두 분은 예전에는 그녀를 별 도움이 안 되는 여자애로 보았기 때문에 종종 그녀에 대해 화를 내곤 하셨다. 하지만 지금은 여동생이 그레고르의 방을 청소하는 동안 방 앞에서 기다렸다가 그녀가 나오자마자 방의 상태와 그레고르가 먹은 것과 그레고르의 행동, 호전되는 기미에 대해 정확하게 듣고 싶어 했다. 어쨌든 어머니는 조금이라도 빨리 그레고르의 방에 들어가려 했지만 아버지와 여동생은 이성적인 이유로 우선 말렸는데 그 이유를 그레고르는 아주 주의 깊게 들었고 그도 완전히 동의했다. 하지만 나중에 그들은 어머니를 힘으로 제압해야만 했는데 그때마다 그녀는 울부짖었다.

"그레고르에게 갈 거다. 말리지 마! 걘 불쌍한 내 아들이 야! 내가 내 아들을 보러 간다는데 왜 붙잡는 거야!"

울음 섞인 비명을 들은 그레고르는 슬픔과 괴로움으로 이리저리 돌아다니며 생각했다. 어쩌면 어머니가 매일은 아니더라도 일주일에 한 번이라도 들어온다면 좋지 않을까? 어머니는 여동생보다 모든 것을 훨씬 더 잘 이해했을 것이다. 비록 여동생이 용기를 냈지만 그녀는 아직 아이였고 결국 철없고 무분별하여 이렇게 어려운 일을 맡은 것이라고 생각했다.

어머니를 보고 싶은 그레고르의 소원은 곧 이루어졌다. 낮에는 부모님을 생각해서 창가에 모습을 드러내지 않았다. 몇 평방미터도 안 되는 방바닥은 너무나 비좁았고 밤에 가만히 누워만 있는 것도 참기 어려운 일이었다. 먹는 것도 얼마 가지 않아 별로 즐겁지 않았다. 그래서 그는 벽과 천장을 이리저리 가로지르며 기어 다니는 습성을 갖게 되었다. 특히 천장에 매달려 있는 것을 좋아하였다. 그것은 바닥에 누워 있는 것과는 사뭇 다른 느낌이었다. 그곳에서는 좀 더 자유롭게 숨을 쉴 수 있었으며, 가벼운 전율도 느낄 수 있었다. 그 꼭대기에서 행복감을 느끼다가 잠시 긴장이 풀려 자신도 깜짝 놀라게 아래로 떨어져 바닥에 털썩 소리를 내면서 떨어져도—이제는 몸을 다루는 솜씨가 예전과는 많이 달라져—상처를 입지 않았다. 여동생은 그레고르가 스스로를 위해 고안해 낸 그 새로운 놀이거리를 알아차리고서—그는 기어 다닐 때에도 여기저기 점액질의 흔적을 남겼다— 기어 다니는 데 방해되는 가구들, 특히 궤짝과 책상을 치워 버릴 생각을 했다.

그러나 그녀 혼자서는 벅찬 일이었다. 그렇다고 아버지에게 부탁을 할 수도 없는 일이었으며, 가정부 역시 도와주지 않을 것이 분명했다. 전에 있던 가정부가 나가고 새로 온 열여섯 살가량의 가정부가 아직까진 잘 버텨 주고 있지만, 그녀는 부엌문을 늘 잠그고 있다가 특별한 호출이 있을 때만 열 수 있게 해달라고 부탁을 해 놓은 터였다. 결국은 어머니를 불러오는 방법밖엔 없었다.

어머니는 아들을 본다는 생각에 탄성을 지르며 만사 제쳐놓고 달려왔지만 막상 그레고르의 방문 앞에 이르러서는 긴장하여 입을 다물었다. 물론 여동생이 먼저 방 안에 있는 모든 것들이 제대로 되어 있는지 살폈다. 그런 다음에야 어머니를 방 안으로 들어서게 했다. 그레고르는 서둘러 그 천 조각을 더욱 아래쪽으로 그리고 더욱 주름이 많이 지도록 당겼다. 그러자 그 전체 모습은 마치 우연히 소파 위에 던져진 천 조각처럼 보였다. 그레고르는 이번에도 천 조각 틈으로 살펴보는 일을 그만둘 수밖에 없었다. 어머니의 모습을 볼 수 없는 것이다. 그래도 어머니가 방에 들어왔다는 것만으로도 기뻤다.

"이리 들어오세요. 안 보이네요."

여동생이 말했다. 분명히 그녀는 어머니의 손을 잡고 안내하는 게 분명했다. 그레고르는 연약한 여자 두 명이서 무겁고 낡은 궤짝을 밀어 옮기고 있으며, 여동생이 줄곧 그 일의 대부분을 도맡아 하고 있다는 것을 소리로 알 수 있었다.

그녀는 무리하지 말라는 어머니의 경고를 듣지 않았고 결국 일은 아주 오래 걸렸다. 15분쯤 애쓰다가 결국 어머니는 궤짝을 지금 있는 곳에 그대로 두자고 말했다. 첫 번째 이유로는 궤짝이 너무 무거워서 아버지가 돌아오기 전에 끝낼 수 없을 것 같고 궤짝이 방 한가운데에 있으면 그레고르가 다니는 데 거치적거릴 것 같으며, 둘째로는 그레고르가 가구를 치우는 것을 좋아할지 어쩔지 모르는 일이 아니냐는 것이었다. 어머니 생각은 그 반대일 것 같다고 했다. 텅 빈 벽을 보니 어머니도 가슴이 아픈데, 그 방의 가구들에 오래도록 정든 그레고르야 어찌 그런 느낌이 들지 않겠냐는 것이었다.

"그렇지 않을까?"

어머니는 아주 낮은 소리로 속삭이듯 말했다. 그녀 입장에서 어디에 있는지 자세히 모르는 그레고르가 그녀의 목소리의 울림이라도 느끼는 것을 피해 보려는 것 같았다. 그녀는 그가 사람의 목소리를 알아듣지 못한다고 확신하고 있었다.

"우리가 가구를 없앤다면 그 애 건강이 호전되리라는 모든 희망을 포기하고 그 아이를 그냥 무자비하게 방치하는 것처럼 보이지 않을까? 내가 생각하기에는 우리가 방을 원래 있었던 그 상태로 유지하는 게 최선일 거 같아. 그가 다시 우리에게 돌아온다면, 모든 것이 변하지 않고 있어야 그 사이에 있었던 악몽을 더 쉽게 잊을 수 있잖아."

어머니의 이러한 말을 들으면서 그레고르는 두 달 정도의 변신 기간 동안 가족들 한가운데에서 단조로운 삶을 살고, 모든 사람들과 직접적으로 접촉 없이 살다 보니 자신의 정신이 좀 이상해진 것 같다는 생각이 들었다. 방의 가구들을 다 치웠으면 하고 바라는 그의 진심을 달리는 표현할 길이 없었기 때문이다. 정말로 그는 사람으로 살았던 지난날을 몽땅 망각하면서까지 사방으로 자유롭게 기어 다니기 위해 조상에게서 물려받은 가구들이 고즈넉하게 비치된 아늑한 그의 방이 동굴로 바뀌도록 둘 생각이란 말인가? 이제 그는 망각의 단계에 이른 것인가? 아니면 오랫동안 들어보지 못한 어머니의 음성이 그의 마음을 흔들어 놓은 것인가? 그 무엇도 치우면 안 될 일이었다. 모든 것이 그대로 있어야만 했다. 가구들이 그에게 끼칠 좋은 영향은 그의 상태에선 없어서는 안 될 것들이다. 가구들이 그가 의미 없이 이리저리 기어 다니는 것을 방해한다면, 그것은 오히려 그에게 해가 되는 게 아니라 이득이 되는 것이었다.

그러나 여동생의 생각은 달랐다. 그레고르의 문제에 관해서는 그녀는 이제 부모님에 앞서 전문가처럼 행동했다. 여동생은 그녀가 처음에 생각했듯 궤짝과 책상뿐만 아니라, 꼭 필요한 소파만 빼놓고 모든 가구들을 방에서 내가야 한다고 주장하는 충분한 이유를 들었다.

그녀가 이러한 주장을 하게 된 것은 물론 어린애 같은 반항심이나 최근 들어 느끼고 획득한 뿌듯한 자의식 때문만은 아니었다. 그 방 안으로 서슴없이 들어가는 것은 여동생 그레테 외에는 감히 엄두를 낼 수 없기 때문이다. 실제로 그녀는 그레고르가 기어 다니기 위해 많은 공간을 필요로 한다는 것을 직접 보고 느끼지 않았던가. 그래서 그녀는 어머니의 말에도 자신의 결심을 꺾지 않았다.

그 방에 있는 동안 뭔지 모를 불안감을 느끼던 어머니는 곧 입을 다물었으며 궤짝을 밖으로 옮기는 여동생을 힘 닿는 대로 도왔다. 이제 그레고르는 궤짝 없이는 지낼 수 있지만 유사시에 책상은 있어야만 했다. 여성들이 끙끙거리면서 궤짝을 밀어서 방을 거의 나가자마자, 그레고르는 소파 밖으로 고개를 내밀고 살펴보았다. 조심스럽게 그리고 가능한 한 신중하게 개입할 수 있는 구석이 있는지 알아볼 참이었다.

그러나 불행하게도 먼저 들어온 것은 하필이면 어머니였다. 그레고르는 깜짝 놀라 얼른 뒷걸음질 쳐서 소파의 반대쪽까지 갔으나 천 조각의 앞머리가 약간 흔들리는 것은 어쩔 도리가 없었다. 그것만으로도 어머니의 눈길을 끌기엔 충분했다. 그녀는 멈칫 발걸음을 멈추고 가만히 서 있더니 얼른 그레테에게로 되돌아갔다.

그레고르는 특별한 일이 생기는 게 아니라 단지 몇 개의 가구 위치만 바뀐 것뿐이라고 자꾸만 속으로 되뇌었다. 하지만 여자들의 분주한 들락거림과 그녀들이 작게 외쳐 부르는 소리, 가구가 바닥에 긁히는 소리 등은 사방에서 자라나 그를 향해 달려드는 엄청난 소동처럼 여겨졌다. 미칠 지경이었다. 그래서 그는 머리와 다리들을 바짝 자기 몸 쪽으로 당겨 몸뚱어리를 바닥에 납작하게 붙인 채 온갖 인내심을 다하여 참았다. 그들은 그의 방을 말끔히 비워버렸다. 그가 아끼던 모든 것을 그에게서 앗아간 것이다. 실톱과 그 밖의 연장들이 들어 있던 공구 통은 이미 밖으로 내간 터였다. 그들은 이제 상업학교 학생으로서, 그 학교의 상급반 학생으로서, 심지어 그전에 초등학교 학생으로서 숙제를 하곤 했던, 이제 바닥에 굳게 박혀 버린 책상을 빼내려 하고 있었다. 때문에 그는 두 여자가 품은 좋은 의도를 알아볼 시간적 여유가 전혀 없었다.

그런데 사실 그 두 여자의 존재를 그는 거의 잊어버렸다. 왜냐하면 너무 지쳐 버린 그들은 아무런 말도 없이 일했으며 그들의 무거운 발자국 소리만 들려왔기 때문이다. 그래서 그는 갑자기 불쑥 일어났다. 두 여자는 옆방에서 숨을 돌리기 위해 책상에 기대어 있었다. 그는 달리던 방향을 네 번이나 바꿨는데 그는 우선 뭐부터 구해 내야 할지 망설였다.

그때 텅 비어 버린 벽에 진짜 모피 제품을 입은 여인의 그림이 걸려 있는 것을 보았다. 얼른 사진 쪽으로 올라가서는 그림을 붙들고 그의 뜨거운 배를 시원하게 해 주는 유리에 찰싹 달라붙었다. 이제 그레고르가 온몸으로 덮어 가리고 있는 이 그림만큼은 어느 누구도 가져가지 못할 것이었다. 그는 여자들이 돌아오는 것을 보기 위해서 거실 문 쪽으로 머리를 돌렸다.

여자들은 잠시 후 다시 돌아왔다. 그레테는 한쪽 팔을 어머니의 허리에 둘러 거의 부축하고 있었다. "자 이제 뭘 내갈까요?"라고 말하며 그레테가 주위를 둘러보았다. 그 때 그녀의 시선이 벽에 붙어 있는 그레고르의 눈길과 마주 쳤다. 그레테는 어머니가 있어서 그런대로 평정심을 유지 하는 것 같았다. 그녀는 어머니가 둘러보는 것을 막으려고 그녀의 얼굴을 어머니 얼굴에 바짝 가까이 숙이면서 떨리 는 목소리로 서둘러 말했다.

"우리 잠깐 거실로 나가는 게 낫지 않겠어요?"

그레고르는 그레테의 의도를 알아챘다. 그녀는 어머니 를 안전하게 모시고 나서 그를 벽에서 쫓아낼 생각이었다. 그녀는 충분히 그럴 수 있었다! 그는 그림 위에 더 힘껏 달 라붙었다. 절대 그것을 넘겨주지 않을 것이었다. 차라리 그레테의 얼굴로 뛰어들 것이다. 하지만 그레테의 말이 어 머니를 불안하게 했다. 옆으로 선 그녀는 거대한 갈색 흔 적이 꽃이 만발한 벽지 위에 있는 것을 보았다. 그녀는 자 기가 본 것이 그레고르라는 사실을 알아내기도 전에 비명 을 질렀다. "맙소사, 하나님!" 그리고 모든 것을 포기한 듯 소파 위로 넘어져서 꼼짝도 하지 않았다.

"그레고르 오빠!"

여동생은 그를 노려보고 주먹을 추켜올리면서 외쳤다. 그것이 그가 변신한 이후로 그녀가 그레고르에게 직접 한 첫 번째 말이었다. 그녀는 기절한 어머니를 깨울 약을 찾기 위해 옆방으로 뛰어갔다. 그레고르도 돕고자 했지만—
그림을 구할 시간은 아직 충분했다—유리에 몸이 너무 착
달라붙어 있었기 때문에 온 힘을 다해서 떼어내야만 했다.

그리고 예전처럼 여동생에게 어떠한 조언을 해 줄 수
있는 것처럼 옆방으로 갔다. 하지만 아무것도 못 하고 그
녀 뒤에 서 있어야만 했다. 그녀는 많은 약병을 꺼내고 몸
을 돌렸을 때 그를 발견하고 순간 소스라치게 놀라 약병
하나를 바닥에 떨어져 박살이 났다. 병이 깨지면서 유리
파편이 그레고르의 얼굴에 상처를 냈다. 뭔가 독한 약품이
그의 몸 주위로 흘렀다. 그레테는 그녀가 가져갈 수 있는
모든 병들을 모아 지체 없이 어머니에게로 달려갔다. 그녀
가 문을 발로 차서 쾅하고 닫았다. 그레고르는 이제 어머
니와 차단되었다. 그의 잘못으로 인해 어머니는 죽을지도
모른다. 그는 문을 열어서는 안 되었다. 어머니 곁에 있어
야만 하는 여동생을 쫓아버리지 않으려면 말이다. 이제 기
다리는 수밖에 없었다. 자책감과 걱정으로 그는 가만히 있
지 못하고 기어 다니기 시작했다. 벽, 가구, 천장 그리고 모
든 것들의 위를 마구 기어 다니다가 마침내 방 전체가 그
를 에워싸고 빙빙 돌기 시작했을 때 어쩔 줄 모르고 큰 식
탁 위에 떨어지고 말았다.

짧은 시간 동안 그레고르는 맥없이 그대로 누워 있었고

주위는 고요했다. 좋은 징조 같았다. 그때 벨이 울렸다. 가정부는 보나마나 문을 잠근 채 부엌에 있을 테니 여동생이 문을 열러 가야 했다. 아버지가 돌아오셨다.

"무슨 일이야?"

그의 첫마디였다. 그레테의 모습에서 그는 모든 것을 추측할 수 있었다. 그레테는 그녀의 얼굴을 아버지의 가슴에 묻고 울먹이는 목소리로 대답했다.

"어머니가 기절했어요. 하지만 지금은 좀 나아졌어요. 그레고르가 모습을 드러냈거든요."

"내 그럴 줄 알았다." 아버지는 말했다.

"내가 항상 얘기를 했건만 여자들이 말을 듣지 않으니."

그레테가 전한 짤막한 소식은 아버지에게 나쁜 의미로 전달되었고, 그레고르가 나타나서 여자들에게 어떤 폭력이라도 휘두른 것으로 생각하는 것이 분명했다. 그래서 그레고르는 아버지를 진정시킬 방도를 찾아야만 했다. 그에게는 설명할 시간도 방법도 없었기 때문이다. 현관 복도로 들어서는 아버지가 자신을 바로 볼 수 있도록 그는 자신의 방문에 기대어 섰다. 즉시 자기의 방으로 돌아갈 마음이 있고 아버지가 그를 위협적으로 대하지 않고 단지 문만 열어 주면 바로 사라질 것이라는 의사를 보여 주기 위해서였다.

하지만 아버지는 이러한 섬세함을 인지할 기분이 아니었다. 그는 들어서면서 "아하!"라고 외쳤는데 화가 나면서도 동시에 기쁘다는 톤이었다. 그레고르는 문에서 고개를 돌려 아버지를 보면서 머리를 들어 올렸다. 아버지가 거기에 그렇게 서 있다는 것을 한 번도 생각해 보지 않았다. 물론 그가 최근에 기어 다니는 데에 몰두하느라 예전처럼 집에서 무슨 일들이 일어나는지 신경 쓰는 것을 게을리했는데, 원래는 변화된 상황에 대해 파악했어야 할 것이다. 그런데 저기 서 있는 사람이 예전의 아버지란 말인가? 그레고르가 출장에서 돌아왔을 때, 침대에 파묻힌 것처럼 피곤한 모습으로 누워 있던 바로 그 사람이란 말인가? 그가 집으로 돌아온 저녁에 잠옷을 입고 안락의자에 앉아서 그를 맞이했던 그 사람인가? 제대로 일어설 수도 없어 기쁨의 표시로 단지 팔만 들어 올렸던 그 사람이 맞는가? 1년에 몇 번, 일요일이나 화창한 휴일을 맞아 어쩌다 함께 가끔씩 가는 산책길에서 낡은 외투를 걸치고 아주 천천히 걸어가는, 그레고르와 어머니 사이에서 지팡이에 몸을 의지하며 걷던 그 남자란 말인가?

그러나 이제 아버지는 아주 자세가 꼿꼿했으며 은행 경비원들이 입는 것과 같은 금단추가 달린 빳빳한 푸른 제복을 입고 있었다. 상의의 높은 칼라 위로는 우람한 이중 턱이 솟아 있었고 짙은 눈썹 아래 검은 눈동자에서는 생기 있고 날카로운 눈빛이 뿜어져 나왔다. 평소에 마구 흐트러져 있던 흰머리는 꼼꼼하고 차분한 가르마 머리로 빗겨져 있었다. 그는 금실로 은행의 이니셜이 새겨진 모자를 벗어 방 저쪽에 있는 소파 위로 휙 던져 올려놓고는 긴 제복 상의의 양쪽 끝자락을 뒤로 젖힌 채 손을 바지에 찔러 넣고서 화를 꾹 참는 얼굴로 그레고르에게 다가갔다. 그가 무엇을 계획하고 있는지 그레고르는 알지 못했다.

여하튼 그는 발을 보통 때보다 높이 올려 걸었으며 그레고르는 그의 장화 바닥의 엄청난 크기에 놀랐다. 하지만 그는 그런 것에 신경 쓰지 않았다. 그레고르는 새로운 생활의 첫날부터 아버지가 자신에게 아주 엄격하다는 것을 알았다. 그래서 그는 도망쳤고 아버지가 멈춰 서면 그도 멈추었으며, 아버지가 움직일 때만 다시 앞으로 내달렸다. 그렇게 그들은 여러 번 거실 안을 돌았다. 뭔가 결정적인 일도 벌어지지 않으면서. 그리고 그레고르가 워낙 느리게 움직일 수밖에 없었기 때문에 이러한 모습은 쫓기는 것처럼 보이지도 않았다. 그레고르는 잠시 마룻바닥에 머물렀다. 만일 자신이 벽이나 천장으로 도망가면 아버지가 아주 고약한 짓으로 생각할까 봐 두려웠기 때문이다. 특히 이 상황이 오래 지속될까 봐 걱정이었는데 왜냐하면 아버지가 한 걸음 움직일 때 그는 무수히 많이 움직여 온몸을 꿈틀거리며 달아나야 했기 때문이다. 숨이 가빠져 왔다. 예전부터 그의 폐는 그다지 좋은 상태가 아니었다. 모든 힘을 모아서 움직이려 했던 그는 이제 비틀거리며 거의 눈도 뜨지 못했다. 꼼꼼하게 절단된 모서리와 뾰족한 것들로 가득한 가구 뒤에 그를 위한 빈 벽이 있다는 것도 잊고 있었다. 그때 그의 옆으로 무언가 휙 날아들었다. 사과였다. 이어서 바로 두 번째 사과가 그를 향해 날아왔다. 그레고르는 너무 놀라 움직일 수조차 없었다. 계속 도망치는 것은 쓸모없는 일이었다. 아버지가 무차별 공격으로 그를 사과로 때려 맞추려 결심했기 때문이다. 과일이 담긴 접시에서 사과를 집어 들어 주머니에 가득 채운 아버지는 정확하게 그를 겨냥해서 하나하나 세게 집어던졌다. 작고 빨간 사과들이 바닥에서 구르고 서로 부딪쳤다. 약하게 던진 사과 하나가 그레고르의 등을 가볍게 스쳤지만 상처를 내지 않고 미끄러졌다. 하지만 곧이어 날아온 사과가 그레고르의 등에 적중했다. 그레고르는 기절할 정도로 격렬한 통증을 느끼고는 계속 몸을 질질 끌면서 도망치려고 했다. 하지만 못이라도 박힌 듯한 통증은 계속됐고 정신이 혼미해진 그는 몸을 뻗었다. 그는 마지막 눈길로 그의 방문이 갑자기 열리면서 울부짖는 여동생과 속옷만 입고 반 실성한 상태

의 어머니가 뛰쳐나오고, 비틀대던 어머니가 아버지를 향
해 달려가 아버지를 얼싸안고 두 손으로 아버지의 뒷머리
를 어루만지며 그레고르의 목숨을 살려 달라고 애원하는
모습을 보았다.

3

그레고르는 심한 상처로 인해 한 달 이상 통증에 시달렸다. 어느 누구도 그것을 뽑아줄 엄두를 내지 못하기 때문에 사과는 눈에 보이는 기념품처럼 그의 살 속에 박혀 있었다.

슬프면서도 역겨운 그레고르의 현재모습에도 불구하고 아버지는 그가 가족의 구성원이었다는 것을 겨우 기억해 낸 듯했다. 그를 적처럼 취급하거나 배척하고 싶은 마음을 참는 것이 가족의 의무이고, 결국에는 그의 '존재 자체'를 참아내는 수밖에 없는 것이 가족이 아닌가.

이제 그레고르는 부상으로 인해 움직일 능력을 영원히 상실한 것 같았고 현재로선 그의 방을 가로질러 가는 데도 늙고 병든 병사처럼 긴 시간이 필요했다.─높은 곳에서 기어 다니는 것에 관해서는 생각할 수도 없었다.— 그의 상태는 점점 더 악화되어 갔다. 그는 자신의 그런 상태가 가족들에게 측은한 마음을 전해 주었다고 생각했다. 왜냐하면 저녁 무렵이면 그가 예전에 이미 한두 시간 동안 날카로운 눈으로 관찰하곤 했던 거실 문이 어느새 열려 있었기 때문이다. 그것은 일종의 허락이었다. 거실에서는 잘 보이지 않는 그의 어두운 방에 누워서 불빛이 있는 식탁에 앉아 있는 가족 전체를 볼 수 있고, 그들이 이야기하는 것을 어느 정도까지는 들어도 된다는 허용과도 같았다.

물론 그것은 그레고르가 피로에 지쳐 작은 호텔 방의 눅눅한 침대에 몸을 던지던 때, 그리움에 잠기곤 했던 예전의 정다운 가족의 모습은 아니었다. 이제는 모든 것이 너무나 조용했다. 아버지는 저녁 식사 후 그의 안락의자에서 곧 잠이 들었다. 어머니와 여동생은 서로에게 조용히 하라고 주의를 주었다. 어머니는 등불 아래로 깊숙이 몸을 숙이면서 양장점에 가져다줄 고급 세탁물의 바느질을 했다. 판매 직원 자리를 구한 여동생은 나중에 더 나은 직책을 얻기 위해서 저녁에 속기와 프랑스어를 배웠다. 가끔 아버지는 깨어나서 그가 잠이 들었다는 것을 전혀 알지 못하는 것처럼 어머니에게 말했다.

"오늘도 너무 오랫동안 바느질을 하는 거 아니오!"

그리고 다시 바로 잠이 들었고 어머니와 여동생은 서로 바라보며 다소 지친 미소를 지었다. 아버지는 일종의 고집처럼 집에서도 직원 제복을 벗지 않았다. 아버지는 제복을 입은 채 잠들었고, 그의 평상복은 하릴없이 옷걸이에 걸려 있었다. 그는 항상 일을 할 준비가 되었다는 듯 집에서도 상사의 부름을 기다리고 있는 것 같았다. 어머니와 여동생이 모든 신경을 다 썼음에도 불구하고, 처음부터 새것 같지 않던 제복은 더욱 낡아 보였다. 그레고르는 종종 저녁 내내, 항상 잘 닦아서 빛나는 황금 단추가 달린 얼룩진 옷, 그 옷을 입고 아주 불편하지만 조용히 자는 늙은 아버지의 모습을 바라보았다. 10시가 되자 어머니는 아버지를 깨워서 여기서는 자기 불편하니 침대에 가서 자라고 나지막하게 말했다. 그는 새벽 6시에 일을 나가야 하기 때문에 푹 자야만 했다. 하지만 아버지는 일을 시작한 이후, 매번 의자에서 잠이 들었는데도 식탁에서 일어나려 하지 않았다. 게다가 의자에서 침대로 몸을 움직이려면 엄청나게 힘이 들었다. 어머니와 여동생은 사소한 경고로 그를 협박했지만, 15분가량 그는 눈을 감은 채 천천히 머리를 흔들며 일어나지 않았다. 어머니는 그의 소매를 살짝 잡아당기면서 그의 귀에다 기분 좋은 말을 속삭였고 여동생은 어머니를 돕기 위해서 자기가 하던 일을 멈췄지만, 아버지는 좀처럼 말을 듣지 않았다. 그는 점점 더 깊숙이 의자에 파묻혔다. 여자들이 그의 팔을 어깨에 둘렀을 때에야, 눈을 뜨고 어머니와 여동생을 번갈아보며 말하곤 했다.

"이게 삶이라니깐. 이것이 나의 오래된 휴식이야!"

그러자 어머니는 뜨개질을, 여동생은 펜을 급하게 던져버리고 아버지를 편한 곳으로 데려가고자 애를 썼다. 아버지는 두 여자들에게 기댄 채로 귀찮은 듯이 마치 자신이 가장 무거운 짐이라도 되는 것처럼 겨우 일어나서 문까지 걸어가곤 했다. 문에 이르렀을 때에는 이제 그만하라는 듯한 손짓을 하고는 혼자서 걸었다. 일과 피로에 지쳐 있는 가족들은 꼭 필요한 것들을 제쳐두고 그레고르에게 신경을 잘 쓰지 못했다. 가계 살림은 점점 더 어려워졌고, 가정부도 내보냈으며, 아주 힘든 일을 돕기 위해 흰 머리카락이 덥수룩한, 뼈대가 굵고 건장한 파출부가 아침저녁으로 다녀가고, 그 밖의 다른 모든 일은 어머니가 도맡아 했다.

심지어 어머니와 여동생이 예전에 모임이나 기념일에 행복한 모습으로 치장하곤 했던 물려받은 몇 가지 보석들까지 내다 팔아야 하는 지경에까지 이르고 말았다. 저녁에 그것을 팔고 받은 금액에 관한 대화를 듣고서 그레고르는 그 사실을 알게 되었다. 하지만 이러한 현재의 상황에 비해서 너무 큰 이 집을 떠날 수 없다는 것이 그들의 가장 큰 문제였다.

그러나 그레고르는 이사를 못하는 것이 자신에 대한 고려 때문만은 아니라는 것을 잘 알고 있었다. 통풍 구멍이 몇 개 뚫린 적당한 상자에 그를 넣어서 운반하면 그만일 것이기 때문이다. 오히려 이 가족들의 이사를 막는 것은 무엇보다도 그들이 처해 있는 이루 말할 수 없는 절망감과 친지들 중 지금껏 누구도 당한 적이 없는 불행을 하필이면 그들만 당했다는 생각 때문이었다. 세상이 가난한 사람들에게 요구하는 조건을 그들은 극단에 이르기까지 채우고 있었다.

아버지는 은행원에게 아침 식사를 날라다 주었고, 어머니는 낯선 이들의 옷을 빨래하는 일로 수입을 챙겼으며, 여동생은 고객의 요구사항에 따라 이리저리 바쁘게 뛰어다녔다. 하지만 가족들이 할 수 있는 노력의 한계는 거기까지였다. 어머니와 여동생이 아버지를 침대까지 모셔다 놓고 다시 돌아와 일거리를 잠시 옆으로 치우고 나서 서로 얼굴이 닿을 정도로 바짝 다가섰다. 그리고는 어머니가 그레고르의 방을 손가락으로 가리키며 말했다.

"그레테야, 저 문 좀 닫아라."

그레고르는 다시 어둠 속에서 있을 수밖에 없게 되었다. 등에 난 상처가 다시 아파오기 시작했다. 며칠 밤낮을 그레고르는 거의 한숨도 자지 않고 지냈다. 그는 다음에 문이 열리면 가족 문제를 예전처럼 다시 자신이 다 떠맡기로 마음먹었다. 그는 생각했다. 사장님과 업무 대리인, 점원들과 견습생들, 고집 센 하인, 다른 회사에 근무하는 친구들 두세 명, 시골 호텔의 청소부 아가씨, 스쳐 지나가는 다정한 추억들이었다. 그리고 진심이었으나 너무 더디게 구혼을 하고 말았던 모자 상점의 여직원의 모습 등이 주마등처럼 지나갔다. 그들은 모두 낯선 사람이나 잊혀진 사람들과 섞여서 나타났다. 무뚝뚝한 표정의 그들은 우리 가족을 도와주기는커녕 관심조차 없어보였다. 그들의 모습이 사라지자 그레고르는 기뻤다. 이내 가족을 돌봐야겠다는 마음이 싹 사라졌고 갑자기 형편없는 대접에 대한 분노가 부글부글 끓어올랐다. 갑자기 무엇이 먹고 싶은지도 모르면서 뭔가 먹을 것을 가져와야겠다는 생각이 들었다.

이제 그레고르가 특히 뭘 좋아할까를 더 이상 생각하지 않고 여동생은 아침과 점심때마다 가게로 출근하기 전에, 아무 음식이나 그레고르의 방 안에 발로 밀어 넣었다. 그레고르가 단지 음식의 맛만 보았는지, 전혀 건드리지도 않았는지, 그런 것에 상관없이 저녁이 되면 빗자루로 쓸어서 치워 버렸다. 이제 그녀가 매일 저녁에 해주었던 방 정리도 뜸해졌다. 더러운 흔적이 벽을 따라 이어졌으며, 여기저기에 먼지 뭉치와 오물 쓰레기가 널려 있었다. 처음에 그레고르는 여동생이 도착할 때 즈음, 어느 정도의 비난을 받더라도, 특히 잘 보일 수 있는 각도에 서 있었다. 그는 아마도 한 주 내내 거기에 서 있을 수도 있었겠지만 여동생은 조금도 나아지지 않았다. 그녀는 그와 마찬가지로 더러운 것을 보았지만, 그냥 그렇게 쓰레기를 내버려 두기로 한 것 같았다. 끝내 그레테는 가족들이 차마 어쩔 줄 몰라 할 정도로 예민해졌고 그레고르 방을 청소하는 것은 자신에게 맡겨 두라면서 경계했다.

한번은 어머니가 물을 몇 양동이씩이나 쓰면서 그레고르의 방을 대청소 하였다.—그레고르는 축축한 것이 너무 싫어서 몸을 으스스 떨면서 소파 위에 꼼짝 않고 누워있었다—하지만 어머니에게 돌아온 것은 비난이었다. 저녁이 되기도 전에 여동생은 그레고르 방의 변화를 알아챘고 엄청난 모욕을 당한 듯이 거실로 달려가 어머니가 손을 들고 애원했는데도 과한 울음을 터뜨렸다. 그러한 울음에 부모님은 놀라서—당연히 아버지는 깜짝 놀라 소파에서 벌떡 일어났다—어찌할 바를 모른 채 지켜보기만 했다. 아버지는 그레고르의 방 청소를 여동생에게 맡기지 않았다고 어머니를 나무랐고, 여동생은 이젠 그레고르의 방 청소도 못하게 하려 한다고 고함을 질러댔다. 그러는 동안에 어머니는 너무 흥분한 아버지를 침대 방으로 끌고 가려고 했다. 흐느껴 울면서 몸을 떨고 있는 여동생은 작은 주먹으로 식탁을 내리쳤다. 그레고르는 이 광경과 소란을 그가 보지 않도록 문을 닫아 줄 생각을 아무도 하지 않는 것을 보고 너무나 화가 나서 쉭쉭 소리를 내며 발을 내다봤다.

여동생이 밖에서 일하느라 지쳐서, 예전처럼 그레고르를 돌보는 것이 힘들어졌다고 하더라도, 결코 여동생을 대신해서 어머니가 나서서는 안 되었으며, 그렇게 하지 않아도 그레고르가 소홀히 되는 일은 없었을 것이다. 이제는 파출부가 있었다.

이 늙은 미망인은 강인한 몸집과 정신력으로 그녀의 긴 삶의 여정에서 험난한 과정들을 극복해 내어서인지 흉한 몰골의 그레고르를 전혀 혐오하지 않았다. 그녀는 언젠가 호기심에서 그런 것이 아니라 우연히 그레고르의 방문을 열었고, 놀란 그레고르는 누가 몰아대지도 않았는데 이리저리 내달리기 시작했으며 그 모습을 본 그녀는 놀라서 양손을 무릎에 댄 채 말뚝처럼 그 자리에 서 있었다. 그 이후로 그녀는 관심이 있는 듯 어김없이 아침저녁으로 문을 조금 열고선 그레고르를 들여다보았다. 어떤 때는 그를 향해 손짓을 하면서 자기 쪽으로 오라고 부르기도 하였다.

"이리 와 봐, 이 늙은 말똥구리야!"라든가 "이 늙은 말똥구리 좀 봐요!"같은 말들로 관심을 보여도 그레고르는 아무런 대꾸도 하지 않았고 문이 열리지 않았던 것처럼 자기 자리에 꼼짝도 않고 있었다. 그 파출부 보고 괜히 기분 내키는 대로 쓸데없이 방해하지 말고 차라리 매일 그의 방을 청소하라고 시켰으면 얼마나 좋았을까!

한번은 이른 아침에, 아마도 다가오는 봄의 조짐인지 엄청난 비가 창문을 두드리던 날이었다. 파출부가 다시 말을 걸기 시작했을 때 그레고르는 너무 불쾌해서 마치 그녀를 공격할 것처럼 —물론 동작이 굼뜨고 무기력하게 보이긴 했지만—그녀에게로 방향을 돌렸다. 그러나 파출부는 그를 두려워하기는커녕 문가에 있던 의자를 번쩍 들어올렸다. 표정과 그의 태세로 보아 의자로 그레고르의 등을 그냥 내려치고 싶어 하는 눈치였다.

"어때, 더는 안 되겠지?"

그레고르가 몸을 돌리자 그녀는 그렇게 말하면서 의자를 다시 내려놓았다. 그레고르는 이제 거의 아무것도 먹지 않았다. 갖다놓은 음식물 곁을 지나게 되었을 때나 심심풀이 삼아 한입 물고서 몇 시간이고 그냥 있다간 다시 뱉어버렸다. 처음에는 자신의 식욕이 떨어진 것이 그의 방 상태에 대한 서글픔이라고 생각했으나, 그러나 방 상태가 변한 것을 그는 아주 금방 받아들였다.

식구들은 더 이상 다른 곳에 둘 수 없는 것들을 으레 이 방에다 갖다놓았다. 집의 방 하나를 세 명의 하숙인들에게 세를 놓은 까닭에 그런 물건들은 더욱 많아졌다. 그레고르가 언젠가 문틈으로 보니 세 명 다 한가득 수염이 있었다. 그들은 자신들의 방뿐 아니라, 이 집에서 하숙을 하게 된 이상, 전체 살림과 또한 부엌이 잘 정리정돈이 되었는지도 민망할 정도로 간섭하였다. 필요 없는 것이나 심지어 더러운 잡동사니를 차마 보지 못했다. 게다가 그들은 대부분 자신들의 가구를 가지고 왔다. 이러한 이유로 물론 팔 수 있는 것은 아니지만 그렇다고 버리고 싶지 않은 많은 것들이 넘쳐났다.

부엌에 있던 석탄 상자와 쓰레기 상자도 마찬가지였다. 지금 당장 필요하지 않은 물건은, 파출부가 급히 서둘러서 그레고르의 방에다 내팽개쳤다. 그레고르는 다행히도 내팽개쳐지는 물건과 그것을 쥔 손만 보았다. 파출부는 아마도 시간과 기회가 될 때 그것들을 다시 가져가거나 한꺼번에 밖으로 내다 버리려는 듯했다. 하지만 그것들은 처음 놓였던 그대로 계속 쌓여 있었다. 그레고르는 잡동사니로 인해 방향을 못 바꾸고 기어 다닐 공간이 전혀 없었기 때문에, 직접 그것을 옮길 수밖에 없었다. 그것을 옮기고 난 후에는 죽을 것처럼 피곤하고 슬퍼서 오랜 시간 동안 움직일 수 없었지만 나중에는 점점 재미가 붙었다.

하숙하는 신사들이 가끔 그들의 저녁 식사를 거실에서 함께 먹었기 때문에, 저녁 시간 때에는 거실 문이 여러 번 닫혀 있었지만, 그레고르는 문을 열려고 하지도 않았다. 하지만 저녁 시간 때에 문이 열려 있었던 적도 몇 번 있었는데 그레고르는 그 기회를 이용하지 않고 가족들이 알아채지 못하게 그냥 어두운 방의 구석에 누워 있었다. 한번은 파출부가 거실로 향하는 문을 조금 열어 놓았고 신사들이 저녁에 거실로 와서 불을 켰을 때도 문은 열려 있었다. 그들은 예전에 아버지와 어머니 그리고 그레고르가 식사했던 식탁의 위쪽으로 앉아 냅킨을 펼치고 칼과 포크를 손에 쥐었다. 즉시 고기 요리를 든 어머니가 문에 나타났고 바로 뒤에 여동생이 높이 쌓아 올린 감자 요리를 들고 왔다. 음식에서는 뜨거운 김이 올랐다.

하숙인들은 그들 앞에 놓인 음식물 위로 몸을 굽히고 먹기 전에 검사라도 하는 듯했다.

실제로 중간에 앉아 있는, 다른 두 사람보다 윗사람인 듯한 사람이 접시 위에 놓인 한 조각의 고기가 충분히 연한지 아니면 다시 요리를 부탁해야 할지 확인하기 위해서 고기를 잘라 보았다. 그는 만족해했고 긴장하면서 지켜보고 있던 어머니와 여동생도 안도의 숨을 쉬며 미소짓기 시작했다. 가족들은 부엌에서 먹었다. 하지만 아버지는 부엌으로 가기 전에 거실로 들어와서 손에 모자를 쥐고 한 번몸을 숙이고 식탁 주위를 한 바퀴 돌았다. 하숙인들도 수염 안에서 우물우물 음식을 씹으며 모두 일어났다. 그런 다음에는 하숙인들만 남았고 그들은 대화도 없이 그저 먹기만 했다. 식사를 하면서 내는 여러 가지 소리 중에서도유독 이빨로 씹는 소리가 잘 들리는 것이 그레고르는 이상했다. 그것은 마치 사람이라면 음식을 먹을 때 이빨을 사용해야 하며 아무리 멋지다 해도 이빨이 없는 턱으로는 아무것도 할 수 없다는 것을 보여주려는 것 같았다.

"나도 뭔가 먹고 싶다."

그레고르는 불안하게 중얼거렸다.

"하지만 저 사람들이 먹는 것과 같은 그런 거 말고. 아…… 배가 고파!"

바로 그날 저녁—그레고르는 그동안 바이올린 소리를들은 기억이 없었다—바이올린 소리가 부엌에서 들렸다. 하숙인들이 저녁 식사를 마치자 중간에 있는 신사가 신문을 꺼내들어 다른 두 사람에게 각각 한 장씩 주었고 그들은 뒤로 기대어서 담배를 피웠다.

바이올린 연주가 시작되자 그들은 주의를 기울이더니 자리에서 일어나 발뒤꿈치를 들고서 현관문 쪽으로가 문간에 바짝 붙어 섰다. 그들의 인기척을 알아챈 아버지가 소리쳤다.

"연주 때문에 불편하신가요? 즉시 멈추라고 하겠소."

"아니요, 그 반대입니다."

중간에 있던 신사가 말했다.

"숙녀 분께서 우리 방으로 오셔서, 좀 더 편안하고 쾌적한 이 방에서 연주하면 안 될까요?"

"오, 그렇게 하지요."

아버지는 본인이 바이올린 연주자인 것처럼 외쳤다. 하숙인들은 다시 방으로 되돌아가 기다렸다. 곧 악보대를 잡은 아버지, 악보를 가진 어머니, 그리고 바이올린을 든 여동생이 왔다. 여동생은 차분하게 연주할 준비를 했다. 예전에 한 번도 방을 세놓았던 적이 없던 부모님은 하숙인들에게 너무 공손해서 심지어 자신들의 의자에 앉을 엄두도 내지 못했다. 아버지는 문에 기대었고 채워진 제복의 단추두 개 사이에 오른손을 넣고 있었다. 어머니에게는 한 하숙인이 의자를 내주었고 어머니는 그 의자를 놓아 준 구석진 자리에 앉았다.

여동생은 연주를 하기 시작했다. 아버지와 어머니는 모두 자기 자리에서 주의 깊게 그녀 손의 움직임을 좇았다. 그레고르는 연주에 이끌려서 문 쪽으로 나아갔으며 머리를 거실로 내밀었다. 그는 자신이 최근에 다른 이들을 그렇게 많이 배려하지 않는다는 것에 대해 전혀 놀라지 않았다. 예전에 배려는 그의 자랑이었다. 게다가 지금은 그가 숨어 있어야 할 이유가 더 많아졌다. 왜냐하면 그의 방 곳곳에 쌓여 있다가 조그마한 움직임에도 이리 저리 날아다니는 먼지를 완전히 뒤집어쓰고 있기 때문이다. 실, 머리카락, 남은 음식물도 그의 등이며 옆구리며 몸 전체에 묻어있었다. 예전에 그는 시간을 정해 등을 대고 누워 그러한 것들을 양탄자에 문질러 떼어냈지만, 지금은 그런 것들에 무신경해졌다.

이러한 상태였는데도 그는 깨끗한 거실 바닥으로 한 발자국 나아가는 것을 거리끼지 않았다. 물론 누구도 그에게 신경 쓰지 않았다. 가족들은 완전히 바이올린 연주에 빠져 있었다. 하지만 바지 주머니에 손을 넣은 신사들은, 악보를 볼 수 있을 정도로 여동생의 악보대 뒤에 너무 가까이 서 있어서 여동생에게 분명히 방해가 되었다. 그들은 곧 낮게 대화를 하면서 고개를 숙이고 창가로 돌아가 아버지의 걱정스러운 눈길을 받으면서 그곳에 머물렀다.

그들은 아름답고 흥미로운 바이올린 연주를 들을 수 있으리라 기대했다가 실망한 듯한 모습을 보였고, 끝까지 이어지는 연주에 싫증을 내는 것 같았지만, 예의상 억지로

참고 듣고 있는 것이 너무나도 분명했다. 특히 그들 모두가 코와 입으로 시가 연기를 뿜어대는 것을 보니 그들이 제대로 신경질을 내고 있음을 알 수 있었다.

하지만 여동생은 너무나도 아름답게 연주했다. 그녀의 얼굴은 옆으로 기울어져 있었으며, 그녀의 눈길은 꼼꼼하면서도 슬픈 빛으로 악보를 한 줄 한 줄 좇았다. 그레고르는 좀 더 앞으로 기어가서 가능한 한 그녀의 시선과 마주칠 수 있도록 머리를 바닥에 밀착시켰다. 음악이 그를 이렇게 사로잡는데. 왜 그가 한 마리 짐승이란 말인가? 갈망하던 미지의 먹이에 이르는 길이 그에게 나타난 것 같았다. 그는 여동생이 있는 데까지 기어가서 그녀의 치마를 잡아 당겨 그녀가 바이올린을 가지고 자신의 방으로 오기를 바라는 마음을 표현하기로 결심했다. 왜냐하면 여기에 있는 어느 누구도 그처럼 그렇게 그녀의 연주를 가치 있게 여기지 않기 때문이었다. 그는 그가 살아 있는 동안 적어도 그녀를 자신의 방 밖으로 내보내고 싶지 않았다. 그의 끔찍한 형상은 그에게 처음으로 유용할 것이다. 그의 방에 있는 문 뒤에 숨어서는 방해하는 자들에게 흉한 몰골로 맞설 수 있을 것이다. 하지만 그녀는 강요받지 않고 자발적으로 그의 옆에 머물러야만 한다. 그리고 귀를 기울여야 한다.

그러면 그는 그녀에게 이렇게 털어놓으리라. 그는 그녀를 음악학교에 보낼 확고한 뜻을 가졌었노라고, 그리고 그 사이에 불행한 사건만 없었더라면 그 얘기를 지난 크리스마스에—크리스마스가 벌써 지나갔겠지?—어떠한 다른 반대 의견이 나와도 가족 모두에게 했을 거라고. 이러한 얘기를 들려주면 여동생은 감동의 눈물을 흘릴 것이다. 그러면 그레고르는 그녀의 어깨가 있는 곳까지 몸을 일으켜 세워 그녀의 목에 입을 맞출 것이다. 상점에 나가고부터 리본이나 칼라도 하고 있지 않은 그녀의 목에.

　"잠자 씨!"

　중간의 신사가 더 이상 말을 하지 못하고 천천히 앞으로 기어 나오는 그레고르를 검지로 가리켰다. 바이올린은 멈췄고 중간에 있는 신사는 그제야 머리를 한 번 흔들면서 그의 친구들을 보고 웃고 다시 그레고르를 쳐다보았다. 아버지는 그레고르를 쫓는 대신에 우선 신사들을 진정시킬 필요를 느꼈던 것 같았다. 그러나 신사들은 전혀 놀라지 않았고 바이올린 연주보다 그레고르를 더 재미있어 하는 것 같았다. 아버지는 서둘러 그들에게 가서 팔을 벌려 그들을 방으로 몰면서 그들이 그레고르를 보지 못하도록 몸으로 가렸다. 그들은 조금 화가 났는데 그 이유가 아버지의 행동 때문인지, 아니면 그레고르와 같은 이웃이 함께 살고 있다는 것을 몰랐다가 알게 되었기 때문인지는 알 수 없었다. 그들은 아버지로부터 해명을 요구했고 신경질적으로 그들의 수염을 잡아당기며 천천히 그들의 방으로 돌아갔다.

그 사이에 여동생은 갑작스럽게 연주를 중단하게 되자 체념에 빠졌다가 금세 극복했다. 한동안 처져 있는 손에 바이올린과 활을 붙잡고 계속 연주를 할 것처럼 악보를 보다가 단번에 일어나서, 호흡이 어려워 아직 소파에 앉아 있는 어머니의 무릎에 악기를 놓고 옆방으로 달려갔다. 신사들은 아버지가 밀치는 바람에 좀 더 빠르게 방에 가까워지고 있었다. 여동생이 숙달된 모습으로 침대의 이불과 베개를 공중으로 펼치면서 정돈하는 것이 보였다. 신사들이 방에 도착하기도 전에 그녀는 침대를 정리하는 것을 마치고 미끄러지듯이 방에서 나왔다. 아버지는 밀어붙이고 또 밀어붙였다. 이윽고 그 하숙인들 가운데 한 남자가 쾅쾅 발을 굴렀고, 그 바람에 아버지는 그 자리에서 멈췄다.

"여기서 분명히 해야겠소."

그는 손을 들어서 어머니와 여동생도 눈으로 찾으면서 말했다.

"저는 이 집과 가족을 지배하는 불쾌한 환경으로 인하여……."

여기서 그는 바닥에다 불쑥 침을 뱉었다.

"제 방을 당장 해약하겠습니다. 물론 여기서 머물렀던 며칠 동안의 방값도 지불하지 않을 것입니다. 아울러 너무나 타당한 이유로 당신에게 무엇을 요구할 것인지에 대해서는 앞으로 좀 더 생각해 보겠소."

그러면서 그는 뭔가를 기다리는 듯 입을 다물고 정면을 응시했다. 그러자 그의 두 친구가 바로 말을 이었다.

"우리 또한 당장 해약하겠습니다."

이어서 그는 문고리를 잡고서는 쾅 소리와 함께 문을 닫았다. 아버지는 손으로 더듬거리면서 그의 안락의자로 비틀비틀 걸어가 털썩 주저앉았다. 온갖 상념으로 떨리는 그의 몸은 좀처럼 진정되지 않을 분위기였다.

그레고르는 그동안 내내, 처음 하숙인들의 눈에 발견되었던 그 자리에 꼼짝 않고 누워 있었다. 자신의 계획이 실패한 데에 대한 실망감과, 또한 수없이 굶은 데서 비롯된 몸의 허약함이 그가 움직이는 것을 불가능하게 했을 것이다. 그는 당장이라도 자기의 몸에 쏟아져 내릴 파멸의 부스러기들을 두려워하며 기다렸다. 어머니의 떨리는 무릎에서 떨어지면서 소리를 울린 바이올린조차도 그를 놀라게 하지 않았다.

"사랑하는 어머니, 아버지."

여동생이 그렇게 말하면서 주먹으로 식탁을 쳤다.

"더 이상은 안 되겠어요. 혹시 상황 파악이 되지 않는다면 제가 간파하고 있어요. 저는 이 괴물을 오빠라고 부르고 싶지 않아요. 그렇기에 오로지 말하고 싶은 것은 우리가 이것에서 벗어나야만 한다는 거예요. 우리는 이 괴물을 돌보고 참아 오면서 인간으로서 가능한 모든 일을 다 했어요. 제가 생각하기에는 어느 누구도 조금이라도 우리를 비난할 수 없어요."

"이 아이 말이 백번 옳고말고."

아버지는 혼자말로 중얼거렸다. 여전히 제대로 숨을 쉴 수 없었던 어머니는 상상도 할 수 없다는 듯한 표정으로 손으로 입을 가리고 거친 기침을 하기 시작했다. 여동생은 어머니에게로 급히 가서 이마를 짚어 보았다. 아버지는 여동생의 말로 인해 확고한 결심을 한 듯했다. 똑바로 앉아서는 모자를 만지작거리며 꼼짝 않고 있는 그레고르 쪽을 가끔씩 쳐다보았다.

"우리는 이제 벗어나야 해요."

여동생은 오직 아버지에게만 말했다. 어머니는 기침을 하느라 아무것도 듣지 못했기 때문이다.

"이 괴물이 두 사람도 죽일 거예요. 그게 보인다고요. 이렇게 우리 모두가 힘들게 일을 해야만 한다면, 어느 누구도 이러한 고통을 영원히 견뎌 낼 수 없을 거예요. 저도 더 이상 할 수가 없어요."

그녀가 너무나도 격렬하게 울음을 터뜨려서 그녀의 눈물이 어머니의 얼굴에 뚝뚝 떨어졌고, 그녀는 어머니의 얼굴에 떨어진 눈물을 연신 손으로 훔쳐냈다.

"얘야."

아버지는 딸아이를 가엾이 여기며 너무나도 잘 알았다는 듯이 나지막하게 말했다.

"하지만 우리가 무얼 할 수 있겠니?"

여동생은 조금 전의 확실함과는 대조적으로, 우는 동안에 몰려온 무력함 때문에 어깨만을 으쓱거릴 뿐이었다.

"저 애가 우리가 하는 말을 혹시라도 알아들을 수 있다면 말이다."

아버지는 반은 묻는 투로 말했다. 여동생은 울다말고 그런 건 생각도 할 수 없는 일이라는 표시로 손을 격하게 내저었다.

"우리가 하는 말을 혹시라도 알아들을 수 있다면 말이야."

아버지는 반복했지만 결국 눈을 감으면서 그러한 것이 불가능하다는 여동생의 설득을 받아들였다.

"그렇다면 아마도 저 애의 양해를 구할 수도 있을 텐데.

하지만 이렇게는……."

"그러한 생각을 하지 말아야 해요."

여동생은 소리쳤다.

"방법은 하나밖에 없어요, 아빠. 아빠도 저게 그레고르라는 생각을 떨쳐 버리셔야만 해요. 우리가 그렇게 믿는 한 우리는 불행해질 뿐이에요. 도대체 저것이 어떻게 그레고르일 수가 있는 거죠? 그가 그레고르 오빠라면, 저런 괴물과 인간이 함께 산다는 것이 가능하지 않다는 것을 이미 깨닫고 스스로 나갔을 거예요. 그렇다면 우리에겐 오빠가 없지만 계속 살아갈 수 있었을 것이고 오빠에 대한 좋은 기억을 가지고 있을 거예요. 하지만 이 괴물은 이렇게 우리를 압박하고 하숙인들을 쫓아내고 집 전체를 차지하고서는, 우리를 거리로 내몰려는 게 분명해요. 저것 좀 보세요, 아버지."

그녀는 갑자기 소리를 질렀다.

"저게 또 시작하려고 해요!"

그리고 여동생은 그레고르로서는 도무지 이해할 수 없는 공포에 휩싸여, 그레고르 곁에 있느니 차라리 어머니를 희생시키는 편이 낫다는 듯이 어머니조차 버리고서 의자에서 벌떡 일어나 아버지의 등 뒤로 달려갔고, 아버지는 자리에서 일어나 여동생을 보호하려는 듯이 양팔을 반쯤

처들고 그녀의 얼굴을 가렸다.

하지만 그레고르는 어느 누구도, 게다가 그의 여동생을 무섭게 할 생각이 없었다. 그는 단지 그의 방으로 되돌아가기 위해 몸을 돌리기 시작했을 뿐이었다. 그런데 그러한 행동이 눈에 띄었던 모양이다. 그는 잠깐 동작을 멈추고 주위를 살폈다. 그의 뜻을 모두가 알아챈 듯 했다. 조금 전의 일은 순간적인 경악이었을 뿐. 이제 모두들 그를 말없이 슬픈 눈길로 바라보았다.

어머니는 다리를 쭉 편 채로 안락의자에 누워 있었는데 피로에 지쳐 두 눈은 거의 감긴 상태였다. 여동생과 아버지는 나란히 앉아 있었고, 여동생은 손으로 아버지의 목덜미를 감고 있었다.

'이제는 몸을 돌려도 되겠군.'

그레고르는 그렇게 생각하고는 방금 전에 하던 일을 다시 시작하였다. 힘에 겨워 가쁜 숨을 쉬어야 했으며 자주 휴식을 취해야 했다. 아무도 뒤에서 그를 몰아대지 않았다. 모든 것은 자기에게 맡겨져 있었다. 몸을 다 돌리고 나자 그는 곧장 자기 방으로 돌아가기 시작했다.

방으로 가는 거리가 이렇게 먼 데 대해 놀랐으며 아까는 이 허약한 몸으로 같은 길을 어떻게 왔는지 이해가 가질 않았다. 간신히 문 앞에 당도해서야 뒤를 돌아봤다. 물

론 목이 뻣뻣해 고개를 다 돌리지는 못했다. 그의 등 뒤는
아무것도 달라진 것이 없었다. 다만 그곳엔 여동생이 서
있었다. 그의 마지막 눈길은 이제 완전히 잠에 곯아떨어진
어머니를 스쳤다.

그가 방 안으로 들어서자마자 급히 문이 닫혔고 잠겼다.
그는 감금되었다. 뒤에서 나는 갑작스러운 소리에 너무나
도 놀라서 다리가 오그라들었다. 그렇게 서둘러 닫은 사람
은 여동생이었다. 그녀는 거기 똑바로 서서 기다리다가 가
벼운 걸음으로 앞으로 뛰었으며, 그래서 그레고르는 그녀
가 오는 소리를 듣지 못했다. "드디어!" 그녀가 자물쇠에
열쇠를 돌리면서 부모님에게 외쳤다.

"그럼 이제는?"

그레고르는 스스로에게 묻고 어둠 속을 둘러보았다. 그
는 곧 그가 이제 더 이상 전혀 움직일 수 없다는 것을 알았
다. 그는 지금까지 가느다란 다리로 계속 움직일 수 있었
다는 것이 기적적인 일이었다고 생각했다. 게다가 그는 상
당히 편안함을 느꼈다. 물론 몸 전체가 고통스러웠지만 이
러한 고통들이 점차적으로 더 약하고 약해지면서 결국에
는 완전히 사라져 버릴 것 같았다. 그의 등에 박힌 썩은 사
과와 아주 부드러운 먼지로 뒤덮인 염증 부위들의 통증을
이미 거의 느끼지 못했다. 그는 가족에 대해 동정과 사랑

으로 되짚어 생각해 보았다. 그가 사라져야만 한다는 그의 생각이 아마도 여동생의 생각보다 좀 더 확고했을 것이다. 이러한 상태에서 그는 시계탑의 시계가 새벽 3시를 쳤을 때까지 공허하고 평화로운 생각에 잠겨 있었다. 창밖이 서서히 밝아오기 시작하는 것을 아직은 느꼈다. 이윽고 자신의 의지와 그의 머리가 앞으로 푹 고꾸라졌고, 그의 콧구멍에서는 마지막 숨결이 약하게 새어 나왔다.

이른 아침에 파출부가 왔을 때—그녀는 기운이 넘치고 성격이 급해서 그러지 말라는 주의를 여러 번 받았지만 문이란 문은 죄다 쾅쾅 여닫고 다녀서 그녀가 나타나면 집안 어디에서도 조용히 잠을 잘 수가 없었다—그녀는 늘 하던 대로 그레고르 방을 얼핏 들여다보고는 아무런 특별한 것을 발견하지 못했다. 그녀는 그가 일부러 움직이지 않고 누워서 마음이 상한 듯 행동한다고 생각했다. 그녀는 그가 알 것은 다 안다고 생각했다. 손에 빗자루를 들고 있던 그녀는 빗자루로 그레고르를 간지럼 태워 보려 했다. 반응이 없자 심통난 그녀는 빗자루로 쿡 찔러보았다. 그가 어떠한 저항도 하지 않고 그의 자리로부터 밀려 나가자 비로소 그녀는 주의를 기울였다. 그리고 곧 현실을 파악하고는 눈이 휘둥그레져 휙 하고 휘파람 소리를 냈다. 잠시 후 가정부는 침실의 문을 열어젖힌 채 어둠 속을 향해 큰 소리로 외쳤다.

"이것 좀 보세요. 그가 죽어 버렸어요. 저기에 완전히 숨이 멎은 채로 뻗어 있어요!"

잠자 부부는 깜짝 놀라서 침대에 똑바로 앉아 놀랐던 마음을 가다듬어야만 했다. 하지만 곧이어 그들은 각자 자기 방향에서 황급히 침대에서 내려왔다. 잠자 씨는 이불을 그의 어깨 위로 걸쳤고 잠자 부인은 잠옷 바람으로 서둘러 그레고르의 방 안으로 들어갔다. 그 사이에 또한 거실 문이 열렸다. 그레테는 하숙인들이 입주한 이후로 그곳에서 잠을 잤다. 그녀는 전혀 잠을 자지 않았던 것처럼 옷을 제대로 입고 있었고 창백한 얼굴은 그것을 증명이라도 하는 듯했다.

"죽었어?"

잠자 부인은 파출부를 보며 물었다. 직접 확인해도 되고, 심지어 확인하지 않고서도 알 수 있었는데도.

"저는 그렇게 생각되네요."

파출부는 그렇게 말하고는 자기 말을 증명이라도 하듯 그레고르의 시체를 빗자루로 쿡 찔러 옆으로 밀었다. 잠자 부인은 빗자루를 제지하려는 듯한 동작을 하다가 그만두었다.

"이제 하나님에게 감사할 수 있겠군."

잠자 씨는 말했다. 그는 성호를 그었으며 세 여자들도 그를 따라 했다. 사체에서 눈을 돌리지 않던 그레테가 말했다.

"그가 얼마나 말랐는지 보세요. 그는 이미 오랫동안 아무것도 먹지 않았어요. 방으로 들어갔던 음식이 그대로 다시 나왔거든요."

모두들 그레고르의 몸이 완전히 납작해지고 바짝 마른 상태인 것을 그제야 알았다. 그의 몸이 이제 더 이상 작은 다리들에 의해 받쳐지지 않는 데다가 사람들의 시선을 이끄는 다른 어떤 것도 없었기 때문이었다.

"그레테야, 잠시 우리 방으로 가자."

잠자 부인이 애처로운 미소를 지으며 말하자 그레테는 자꾸만 사체를 돌아보면서 부모를 따라 침실로 갔다. 파출부는 문을 닫고 창문을 활짝 열어젖혔다. 이른 아침에도 불구하고 차가운 바람에는 포근한 기운이 섞여 있었다. 어느덧 3월 말이었다.

세 명의 하숙인이 그들의 방에서 나와 의아하다는 듯이 자신들의 아침 식사를 찾았다. 식구들은 그들의 존재를 잊고 있었다.

"아침 식사는 어디에 있죠?"

중간에 있는 남자가 기분이 언짢은 음성으로 파출부에

게 물었다. 하지만 그녀는 손가락을 입술에 갖다 대며 아무 말도 하지 않고 그 남자들에게 그레고르의 방으로 가보라고 손짓을 했다. 그들은 파출부를 따라 들어가 이제는 환하게 밝은 그레고르의 방에서 시체를 에워싸고 있었다.

그때 침실의 문이 열리며 한 팔에는 아내, 다른 팔에는 딸이 기댄 채 제복을 입은 잠자 씨가 나타났다. 모두들 울어서 조금씩 부은 얼굴이었다. 그레테는 이따금 그녀의 얼굴을 아버지의 팔에 갖다 댔다.

"즉시 내 집에서 나가시오!"

잠자 씨는 그렇게 말하면서 손가락으로 문을 가리켰다.

여자들이 자기로부터 떨어지지 않게 하면서.

"무슨 말씀이신가요?"

하숙인들 중 가운데 남자가 약간은 당혹해하며 아부하는 듯한 미소를 지었다. 다른 두 남자는 뒷짐을 지고서 그들에게 유리하게 전개될 것이 틀림없는 싸움이 시작되는 것을 즐기려는 듯 했다.

"내가 말하는 바 그대로요."

잠자 씨는 그렇게 대답하고서 양쪽에 거느린 두 여자와 나란히 그 하숙인 앞으로 갔다. 그 남자는 처음엔 말없이 그 자리에 서서, 머릿속으로 여러 가지 생각을 정리하고 있는 듯 바닥만 바라봤다.

"그렇다면 가겠습니다."

그는 그렇게 말하고는 갑작스레 겸손해진 태도를 보이며 그런 결심을 내린 데 대해서도 다시 허락을 받으려는 듯 잠자 씨를 보았다. 잠자 씨는 눈을 크게 뜨고서 그를 향해 몇 번 고개를 끄덕여 주기만 했다. 그 남자는 즉시 큰 걸음으로 현관 쪽으로 걸어갔다. 얼마 동안 가만히 서 있던 두 친구들도 그 친구를 따라 뛰어갔다. 현관 복도에서 셋 모두 옷걸이에 있는 모자를 집어 들고 지팡이꽂이에서 지팡이를 꺼내 든 뒤 아무 말 없이 인사를 하고는 그 집을 떠났다.

겉으로 드러난 상황이 전혀 믿기지가 않아 잠자 씨는 두 여자와 함께 현관 밖까지 나가 보았다. 그들은 난간에 기댄 채로, 세 남자가 느린 걸음으로 계단을 내려가며, 각 층 계단의 일정한 커브에 이르러서는 사라졌다가 잠시 후 나타나곤 하는 광경을 지켜보았다.

그들이 더 아래쪽으로 갈수록 잠자 씨 가족은 그들에게 무관심해졌다. 그리고 정육점 직원이 머리 위에 고기를 들고 거만한 자세로 올라오면서 그들을 마주 지나쳤을 때, 잠자 씨는 여성들과 함께 바로 난간에서 벗어나서 모두 한시름 놓았다는 듯이 그들의 집 안으로 들어갔다.

이제 그들은 오늘 하루를 푹 쉬면서 산책이나 하기로

마음먹었다. 그들은 무조건 쉬어야 했고 충분히 쉴 자격이 있었다. 그들은 식탁에 앉아서 세 장의 사죄 편지를 썼다. 잠자 씨는 상사에게, 잠자 부인은 그녀의 고객에게, 그레테는 그녀가 일하는 가게 주인에게 썼다. 그러는 동안 파출부는 아침 일이 끝나서 가겠다고 말하기 위해 들어왔다. 글을 쓰고 있는 세 사람은 고개를 들어 쳐다보지도 않고 끄덕이기만 했다. 파출부가 여전히 가지 않자 잠자 씨는 비로소 화가 난 듯이 올려다보았다. "또 뭔가?" 잠자 씨가 물었다. 파출부는 가족에게 행운을 전달이라도 할 것처럼 미소를 지으면서 문에 서 있었지만, 자세히 물을 때에만 말할 기세였다. 그녀가 일하는 동안 내내 신경 쓰여서 화를 냈던, 거의 수직으로 솟아 있는 모자의 타조 깃은 가볍게 사방으로 흔들거렸다. "도대체 뭘 원하죠?" 잠자 부인이 물었다. 부인 앞에서는 파출부도 극도로 정중했다. "예……." 가정부는 대답했다. 그러나 너무 기쁜 나머지 웃음이 나와서 바로 계속 말할 수 없었다.

"옆방에 있는 것을 어떻게 치워야만 할지 아무런 걱정하지 마세요. 이미 처리되었어요."

잠자 부인과 그레테는 계속 편지를 쓰려는 듯 머리를 숙였다. 파출부가 이제 모든 것을 상세하게 묘사하려고 한다는 것을 알아챈 잠자 씨가 단호히 손을 뻗어 못하도록 했다. 이런 행동 때문에, 그녀는 모욕감을 느낀 듯 불쑥 소리쳤다.

"안녕히 계세요."

그녀는 거칠게 몸을 돌려서 매우 불쾌하다는 듯이 문을 닫고 집을 떠났다.

"저녁에 해고를 해야겠어."

잠자 씨가 말했지만 부인이나 딸에게서 어떠한 답도 들을 수 없었다. 왜냐하면 가까스로 얻은 그녀들의 평온을 파출부가 다시 방해한 듯했기 때문이다. 그녀들은 일어나 창가로 가서 서로 부둥켜안은 채 서 있었다. 잠자 씨는 그의 의자에서 그들 쪽으로 몸을 돌려 그들을 잠시 조용히 지켜보았다. 그리고는 소리쳤다.

"어서 이쪽으로 오라고. 이제 지난 일은 버려두자고. 내 생각도 좀 해줬으면 좋겠어."

여자들이 그의 말을 따라 바로 그에게로 가서 그를 어루만지고 각자 쓰던 편지를 서둘러 마쳤다. 드디어 그들 셋은 모두 함께 집을 나설 수 있었다. 그들은 전차를 타고 도시 근교의 야외로 향했다. 이러한 외출은 세 달 동안 엄두도 내지 못했던 것이다. 오직 그들만이 앉아 있는 차 안으로 따뜻한 햇살이 비쳤다. 그들은 의자에 편안하게 뒤로 기대어 미래에 대한 전망을 얘기했다. 각자 좀 더 자세히 생각해 봤을 때, 그들의 앞날은 결코 나쁘지 않았다. 왜 냐하면 셋 다 모두 직장이 있었기 때문이다. 그들 서로 본 질적으로 그 직장이 괜찮은지, 특히 앞으로 유망한 직업이 될지에 대한 이야기들은 아직 하지 않았다. 현재 상황을 호전시킬 수 있는 가장 근본적인 방법은 당연히 집을 바꾸는 것이었다. 이제 그들은 그레고르가 구했던 지금의 집보다 더 작고 싸지만, 좀 더 형편에 맞고 실용적인 집을 구할 생각이었다. 그들이 대화하는 동안 잠자 씨와 잠자 부인은 점점 생기가 도는 딸을 보면서, 지난 시간 동안 그녀를 창백하게 만들었던 모든 근심에도 불구하고, 그녀가 아주 예쁘고 화사한 여성으로 자랐다는 생각이 들었다. 계속 침묵하면서 거의 무의식적으로 바라만 봐도 알겠다는 듯이, 그들은 이제 이 아이를 위해 착실한 남자를 찾을 때가 되었다고 생각했다. 목적지에 도착했을 때, 딸이 가장 먼저 일어나서 그녀의 젊은 몸을 뻗어 기지개를 켰다. 그것은 그들에게 새로운 꿈이자 멋진 계획에 대한 확인과도 같았다.

시골의사

눈보라가 거세게 부는 날이었다.

10마일 정도 떨어진 마을에서 응급 환자가 있다는 연락이 왔다. 거친 눈보라가 나와 그 환자 사이의 길게 늘어진 공간을 채우며 맹렬하게 불어오고 있었다. 다행히 거친 시골길에 잘 어울리는 가볍고 바퀴 큰 마차 한 대가 있었다. 나는 서둘렀다. 털외투를 껴입고 진료 가방을 챙겨 마당으로 나갔다.

그러나 말이 없었다. 내 말은 살을 에는 듯한 이 겨울에 무리를 하다가 간밤에 죽고 말았던 것이다. 나의 하녀는 지금 말 한 필을 빌리려고 마을 곳곳을 뛰어 다니는 중이다. 그러나 가망은 없다. 이미 알고 있다.

눈이 쌓여 갈수록 옴짝달싹할 수 없는 상태가 되어 초

조한 마음으로 서 있는데 하녀가 나타났다. 혼자였다. 당연한 일이다. 이 악천후에 누가 말을 빌려줄 것인가. 나는 다시 한 번 마당을 서성거렸다. 그렇다고 방도가 생기는 건 아니다. 난감했다. 나에겐 응급환자가 있다.

나는 몇 년 동안 쓰지 않고 내버려 뒀던 돼지우리의 문을 발로 힘껏 걷어찼다. 반동으로 문이 열리면서 돌쩌귀에 매달렸고 그 상태로 쾅 닫혔다가 다시 열렸다. 안에서 훅 온기와 냄새가 느껴졌다. 말 냄새였다. 희미한 외양간 등이 끈에 매달려 흔들리고 있었다.

외양간 안에서 쭈그리고 앉아 있던 한 사내가 푸른 눈의 맨 얼굴을 내밀었다.

"마차에 말을 매달아 드릴까요?"

그가 네발로 기어 나오면서 물었다. 나는 선뜻 할 말을 잃고 우리 안에 뭐가 더 있나 하고 허리를 구부리며 딴청을 부렸다. 하녀가 내 곁에 와 있었다.

"자기 집에 뭐가 있는지도 모르고 살다니요."

그녀의 말에 우리 둘은 웃었다.

"이랴, 형제여! 누이여!"

마부가 외쳤다. 그러자 옆구리가 탄탄하고 힘이 세게 생긴 말 두마리가 오로지 몸통의 힘만으로 좁은 문을 비집고 나왔다. 그리고 이내 꼿꼿이 서서 앞발로 땅을 차며 거친 숨을 몰아쉬었다. 몸통에서는 모락모락 김을 내뿜으면서.

"저 친구를 도와줘."

동작 빠른 하녀는 마구를 건네주려고 그에게로 달려갔다. 마부는 갑자기 가까이 온 하녀를 끌어안고 자신의 얼굴을 하녀의 얼굴에 갖다 댔다. 하녀는 비명을 지르며 나에게로 달려왔다. 하녀의 얼굴엔 깨문 자국이 선명하게 나 있었다.

"이 짐승 같은 놈."

나는 화가 나서 소리를 버럭 질렀다.

"채찍 맛을 봐야 알겠나?"

그러나 순간 나는, 이 사람이 누군지 어디에서 왔는지도 모를 뿐만 아니라, 아무도 감히 나서지 못하는 이 악천후 속에서 나를 기꺼이 도와주려 한다는 생각이 떠올랐다. 내 생각을 이미 다 읽고 있는 그는 내 협박을 별로 나쁘게 생각하지 않고 말에게만 신경을 쓰며 날 힐끔 쳐다보았다.

"어서 타시지요."

그가 말했다. 그리고 실제로 모든 준비가 다 되어 있었다. 아무리 기억을 더듬어 봐도 이렇게 멋진 장비를 갖춘 마차를 타 본 적은 없었던 것 같았다. 나는 즐겁게 마차에 올랐다.

"마부는 내가 해야겠군. 자넨 길을 모를 테니까 말이야."

내가 그렇게 말했다.

"그야 물론입죠."

그가 말했다.

"나는 가지 않을 거요. 로자와 함께 있을 거요."

"안 돼요!"

로자는 꽥 소리를 질렀다. 그러나 자신의 운명의 흐름을 바꿀 수 없음을 예감하며 집 안으로 달려 들어갔다. 문의 사슬고리를 거는 소리와 자물쇠 채우는 소리가 연이어 들렸다. 또한 자신의 몸을 숨기기 위해서 이 방 저 방 뛰어다니며 불이란 불은 죄다 껐다.

"자네도 함께 가는 거야."

내가 마부에게 말했다.

"안 그러면 그 곳에 가는 걸 포기할 거야. 사정이 아무리 절박해도 말이야. 마차를 빌리는 대가로 저 처녀를 자네에게 넘겨 줄 생각은 눈곱만큼도 없으니까."

"이랴!"

마부가 손뼉을 쳤다. 그러자 마차는 나무토막이 강물에 휩쓸리듯이 떠내려갔다. 내 귀에는 마부의 외침에 내 집의 대문이 우지끈 부서지며 쨍그랑대는 소리가 아직도 들려 오고 있었다. 이어서 나의 눈과 귀는 모든 감각 속으로 날 카롭게 파고들어 오는 소리로 가득 채워지고 있었다. 모든 건 한순간이었다. 나의 집 마당과 환자의 집 마당이 바로 연결되어 펼쳐져 있는 듯 어느새 나는 그곳에 도착해 있었다. 말은 조용히 서 있고 눈발도 멈춘 상태였다.

달빛이 내 주변을 맴돌았으며 나를 기다리고 있던 환자의 부모와 누나가 급하게 뛰어나왔다. 그들은 나를 마차에서 거의 들어서 내렸다. 그들의 뒤엉킨 혼란스러운 말들은 알아들을 수가 없었다. 환자의 방은 공기가 탁하여 숨쉬기가 불편할 정도였다. 제대로 손보지 않은 화덕에서 덜 연소된 회색 연기가 났다. 창문을 열어야만 했다. 그러나 그전에 먼저 환자의 상태를 파악하는 것이 우선이지.

비쩍 마르고, 열은 없고, 몸은 차지도 따뜻하지도 않고, 눈만 휑한 소년이 내복도 입지 않은 채 깃털 이불에서 몸을 일으키더니 내 목에 매달리며 귀에다 속삭였다.

"의사 선생님, 절 죽게 내버려 두세요."

나는 주위를 둘러보았다. 어느 누구도 그 말을 듣지 못했다. 부모는 아무 말 없이 머리를 숙이고 선 채 나의 진단을 기다렸다. 그의 누나가 내 가방을 놓을 의자를 가지고 왔다. 나는 진료가방을 열어 의료기구들을 찾았다. 여전히 소년은 침대 밖의 나를 찾으려고 손으로 더듬으며 그의 부탁을 상기시키려는 듯이 행동했다. 난 핀셋을 집어서 그것을 촛불에 확인하고 다시 내려놓았다.

'그렇지.'

나는 좋지 않은 생각을 하였다.

'이와 같은 경우에는 신들이 도와주는 거야. 갑자기 없던 말도 보내 주고, 급하니까 한 마리 더 붙여 주고, 게다가 또 마부까지 내려주는 거야.'

그제서야 로자 생각이 다시 떠올랐다. 그녀를 어떻게 구할까. 마부 밑에 깔려 있는 그녀를 어떻게 구해내야 하나. 그녀로부터 10마일이나 떨어져서, 통제 불가능한 말들을 마차에 매고서? 무슨 수를 썼는지 마구까지 헐겁게 해놓아 말들이 밖에서 창문을 열고 창문 안으로 머리를 들이밀고서는 식구들의 비명에도 아랑곳하지 않고 환자를 지켜보고 있었다.

'그래, 바로 돌아갈 거야.'

말들이 어서 가자고 채근하는 것처럼 보여 나는 그렇게 속으로 중얼거렸다. 환자의 누나는 내가 더워서 정신이 몽롱해졌다고 생각했는지 내 외투를 벗겼다. 신경이 쓰였지만 내버려 두었다. 노인은 나의 어깨를 톡톡 치며 럼주 한 잔을 건냈다. 나에 대한 신뢰를 보여 주는 것이다. 난 고개를 흔든다. 노인은 거절당했다는 좁은 생각으로 불쾌해할 것이다. 단지 이러한 이유만으로도 난 마시기를 거절한다. 환자의 어머니는 침대 곁에 서서 나를 살짝 끌어당긴다. 난 그녀를 따라가서, 말 한 마리의 울음이 방 천장까지 들리는 와중에도 소년의 가슴에 머리를 대고 청진을 해 본다. 소년은 나의 젖은 수염 아래에서 몸을 떨고 있다. 내가 알고 있는 사실이 그대로 증명되고 있었다. 소년은 건강하다.

혈액순환에 약간의 문제가 있고, 걱정에 휩싸인 어머니가 커피를 너무 많이 마시게 했을 뿐, 그는 건강하다. 매우 건강하니 밀어서 침대 밖으로 내보내도 된다. 하지만 나는 세상을 개선하는 사람이 아니기에 그가 누워 있도록 내버려 둔다. 사실 나는 구역에 의사로 고용되어 있는데 너무 일이 많아서 거의 한계에 도달할 때까지 의무를 다하고 있다. 적은 봉급이지만 가난한 이들을 베풀고 돕는 마음의 자세가 되어 있다. 그리고 또 나는 로자를 돌보아야 한다.

어쩌면 소년이 옳을 수도 있다. 나 또한 죽고 싶다. 이 끝날 줄 모르는 겨울에 내가 여기서 뭘 하고 있단 말인가! 나의 말은 죽었고, 마을의 누구도 자기 말을 나에게 빌려 주지 않는다. 나는 돼지우리에서 두 마리의 말을 끌어내야만 했다. 우연히 빌린 말이 아니었다면 돼지 새끼라도 타고 달려왔어야 했다. 사정이 그렇다. 그리고 난 가족에게 고개를 끄덕인다. 그들은 그 뜻을 전혀 알지 못하고, 그들이 알았다고 하더라도 나를 믿지 않을 것이다. 처방전을 쓰는 것은 쉽지만, 사람들을 이해시키는 것은 어렵다.

자, 이제 이 정도로 내 방문의 목적은 끝난 것 같다. 이
번에도 사람들은 나를 또다시 헛걸음하게 했지만, 이미 그
런 것에는 익숙하다. 이 관할구의 모든 사람들은 걸핏하면
야간 비상종을 울려 나를 괴롭힌다.

로자는 나의 관심을 그리 받지는 못했지만, 벌써 여러해
전부터 내 집에서 살아왔다. 그 로자를 내어줘야 했다. 이
희생은 너무나도 크다. 어떻게든 머리를 써서 우선 이 위
기를 벗어나야 한다. 여기에서 더 이상 있는 것은 무의미
하다. 아무리 해도 내게 로자를 되돌려 줄 수 없는 이 가족
과 관계를 계속 가져서는 안 된다. 나는 진료가방을 닫고
내 털외투를 달라고 손짓을 하고 싶었지만, 선뜻 마음이
나서지 않았다. 이들은 나에게 뭘 바라고 있는 것이다.

가족들이 눈물을 글썽이며 입술을 깨물고, 소년의 누이
가 피가 많이 묻은 손수건을 움켜쥐고 서 있을 때, 나는 상
황에 따라서 그 소년이 어쩌면 아플지도 모른다는 사실을
시인할 마음의 자세가 되어 있었다.

내가 그에게 다가가자 그는 내가 따뜻한 수프라도 갖다
주는 양 내게 미소를 띠었다. 아, 지금 또 두 마리의 말이
힝힝대며 울부짖는다. 그제야 나는 소년이 아프다는 것을
알아차렸다. 몸의 오른쪽 엉덩이 근처에 손바닥 크기의 상
처가 보였다. 심각했다. 상처 안에는 굵기와 길이가 새끼

손가락만 한 벌레들이 꿈틀거리고 있었다. 불쌍한 소년아, 난 널 도울 수가 없겠다. 네 옆구리의 큰 상처, 넌 그 상처 때문에 죽어가고 있구나.

"날 구할 건가요?"

상처 안의 생명체로 인해 고통받는 소년은 울먹이며 속삭인다. 내 주위에 있는 사람들은 늘 이렇다. 항상 불가능한 것을 의사에게 요구한다. 그들은 옛날의 신앙을 잃어버렸다. 목사는 집에 앉아서 지저분한 사제복을 쥐어뜯고 있다. 하지만 의사는 섬세한 외과의의 손으로 모든 것을 수행해야만 한다. 그들이 나를 성스러운 목적으로 사용한다면 나 또한 그렇게 하도록 내버려 둔다. 늙은 시골의사인 내가 더 나은 무엇을 원하겠는가.

'내 하녀는 겁탈당했는데!' 그리고 가족과 마을의 어른들이 와서 나의 옷을 벗긴다. 선생님이 이끄는 학교 합창단이 집 앞에서 극도로 단순한 멜로디의 노래를 부른다.

그의 옷을 벗겨라, 그러면 그는 병을 고치리라.
그가 병을 고치지 못한다면, 그래 그를 죽여라!
그는 의사이니까, 그는 의사이니까.

이어서 그들은 나의 옷을 벗긴다. 나는 수염에 손가락을 대고, 조용히 사람들을 바라본다. 그렇게 침착하게 서 있다. 나에게 도움되는 이는 아무도 없다. 이제 그들이 나의 머리와 발을 들어서 침대로 옮긴다. 그들은 상처가 있는 옆에, 경계선에, 나를 내려놓는다. 그다음에 모두가 방에서 나간다. 문은 닫혔다. 노래가 멈춘다. 구름이 달을 가린다. 따뜻한 이불이 내 주위에 놓여 있다. 창문 구멍 안에는 말의 머리들이 그림자처럼 흔들거린다.

"알고 있나요?"

소년이 내 귀에 속삭인다.

"선생님을 별로 믿지 않아요. 제 발로 오시지도 않았잖아요. 도와주기는커녕 내 죽음의 침대만 비좁게 하는군요. 당신의 눈이나 후벼 파내고 싶을 뿐이에요."

"맞아." 나는 말했다.

"이것 또한 일종의 모욕이야. 하지만 난 의사야. 내가 뭘 할 수 있겠니? 나 또한 이런 일이 쉽지 않다는 것을 믿어주겠니?"

"그따위 변명으로 나보고 만족하라는 건가요? 그렇죠, 그러면 되는 거죠. 항상 난 만족해야만 하죠. 난 이렇게 멋진 상처를 가지고 세상에 태어났어요. 그게 내가 가져온 것의 전부예요."

"젊은 친구, 너의 단점은 전체를 관망할 줄 모른다는 거야. 세상 곳곳, 그리고 수많은 병실에 있었던 나는 자네에게 이렇게 말해 줄 수 있어. 자네의 상처는 그렇게 심각한 것은 아니라고 말이야. 곡괭이로 두 번 내리찍어서 생긴 것뿐이야. 많은 사람들이 자기 옆구리를 내놓고도 숲에서 들려오는 곡괭이 소리를 못 듣고 있지. 곡괭이가 자신들을 향해 점점 더 가까이 오고 있는데도 말이야."

"실제로 그런가요. 아니면 열이 나고 있는 나를 속이는 건가요?"

"사실을 말하는 거다. 공직 의사의 명예를 걸고 말하는 거야."

그러자 그는 내 말을 받아들이고 침묵했다. 이제 탈출할 때였다. 여전히 말들은 충실하게 그 자리에 서 있었다. 겉옷, 모피 옷, 그리고 가방을 잽싸게 쥐었다. 옷을 입느라 시간을 지체하고 싶지 않았다. 말들이 여기에 올 때처럼 서두른다면, 이 침대에서 나의 침대까지 단번에 뛰어넘을 수 있을 것이다. 창가에 있는 말 한 마리가 움직였다. 마차 안으로 옷을 던졌는데 모피가 너무 멀리 날아가 겨우 소매 한쪽만이 갈퀴에 걸렸다. 하지만 그만하면 충분하다. 나는 말 위로 뛰어 올라갔다. 느슨하게 매인 가죽 끈을 질질 끌면서 걷는 두 마리 말에 제대로 묶이지도 못한 채, 마차는 불안정하게 이끌려왔다. 눈 속에서 모피 옷이 마차 끝에 매달려 펄럭였다.

"정신 차려!"

내가 말했지만 그렇게 되지 않았다. 늙은이들처럼 천천히 우리는 눈 사막을 지나고 있었고 우리 뒤에서는 생소하지만 어딘가 다른 아이들의 음산한 노래가 오랫동안 울렸다.

기뻐하라, 환자들이여,
너희 침대 속에 의사가 함께 누워 있으니!

이런 식으로는 결코 집에 가지 못한다. 번성했던 내 병원은 사라졌다. 후계자가 나의 자리를 넘보지만 소용없는 일이다. 그가 나를 대신할 수는 없기 때문이다. 나의 집에는 그 역겨운 마부가 미쳐 날뛰고 있다. 로자는 그의 희생물이다. 난 그것을 상상조차 하고 싶지 않다. 이렇게 불운한 시대의 추위에 내팽개쳐져서, 지상의 마차와 저승의 말을 타고, 나이든 나는 이리저리 헤맨다. 나의 모피 옷은 마차 뒤에 걸려 있지만 내 손이 닿지 않고, 움직일 수 있는 환자들의 무리들 가운데 어느 누구도 손가락을 까딱하지 않는다. 속았어! 속았어! 야간 비상종의 잘못된 울림 한 번으로 인해, 이제 이는 영원히 돌이킬 수 없게 되었다.

갑작스러운 산책

저녁엔 집에 머물겠다고 결심하고서 집에서 입는 옷을 입고, 저녁 식사 후에 등불이 비치는 책상에 앉아서 이런 저런 일이나 게임을 시작하고, 그것이 끝난 후 습관적으로 자러 갈 때, 바깥의 날씨가 좋지 않아 집에 머무는 것이 당연하다고 느껴질 때, 이미 오랫동안 책상에 가만히 앉아 있었기에 외출하는 것이 좀 이상하다고 생각될 때, 또한 이미 집이 어두워지고 대문이 닫혀 있을 때, 이러한 모든 것에도 불구하고 갑작스럽게 느껴지는 불쾌함에 일어서서, 즉시 외출하기에 적당한 옷을 입고, 나가 봐야 한다고 설명하고, 짧은 인사 후 집 문을 빠르게 닫다 큰 소리가 나서, 다소 불만이 생기리라 여겨질 때, 골목길에 서 있는데 예상하지 못했던 자유를 온몸으로 느끼며 특별한 움직임이 절로 나올 때, 한 번의 결심을 통해서 내 모든 결정 능력이 예민해짐을 느낄 때, 가장 빠른 변화를 쉽게 실현하는 욕구보다 더 많은 힘을 가진다는 생각을, 습관이라 치부하지 않고 더 크게 인식할 때, 그리고 그렇게 긴 골목길을 걸어갈 때—그다음에는 오늘 저녁만큼은 내 가족으로부터 멀어지는 반면에—스스로는 아주 확고한 결심으로, 검은 실루엣의 형상을 하고 그 자신의 진정한 모습을 위해서 일어선다.

이러한 늦은 저녁 시간에 한 친구를 찾아가 잘 지내고 있는지를 살필 때 모든 것은 조금 더 강해진다.

옷

나는 종종 아름다운 몸에 예쁘게 걸쳐진 여러 겹의 주름과 주름 장식을 볼 때마다, 그것들이 오래 그렇게 유지되지 못하고, 구겨지고, 더는 단정하지 않고, 장식에서 더 떼어 낼 수 없는 두꺼운 먼지가 낀다는 사실을 떠올린다. 또한 누구나 매일같이 귀한 옷을 입고 벗는 일에 있어 별 감흥 없는 반복을 일삼게 된다는 것을 생각해 본다. 정말 아름답고 매혹적인 근육과 작은 복사뼈와 팽팽한 피부와 가늘고 풍성한 머릿결을 가지고 있지만, 매일 가장무도회의 복장을 하고 나타나서, 항상 똑같은 얼굴을 똑같은 손바닥에 대고 거울에 비추는 소녀들을 본다.

가끔 저녁때에만, 축제에서 늦게 돌아왔을 때, 거울에는 닳아빠지고, 붓고, 먼지투성이에다, 이미 모두에게 선보여

져서 더는 입을 수 없는 것들이 나타난다.

판결

봄이 절정을 맞이한 어느 일요일 오전이었다.

게오르크 벤데만이라는 이름의 젊은 상인은 강을 따라
길게 늘어서 있는 낮고 단순하게 만들어진, 높이와 색채로
만 구별이 가능한 집들 중 한 곳의 2층, 자신의 방 안에 앉
아 있었다. 그는 외국에 있는 어릴 적 친구에게 보낼 편지
를 봉한 뒤, 팔꿈치에 턱을 괴고 느긋하게 창문 밖의 강, 다
리 그리고 강 건너편의 연두색을 띤 언덕을 게으르게 바라
보았다.

게오르크는 집에서의 삶에 만족하지 못한 그 친구가, 몇
해 전 러시아로 어떻게 피신했는지에 대해 깊이 생각해 보
고 있었다. 지금 그의 친구는 러시아 페테르부르크에서 사
업을 하고 있는데, 이 친구가 가끔 방문할 때마다 한탄한

것처럼, 처음에는 그것도 잘 되었지만 이제는 천천히 침체되고 있다고 했다. 그렇게 그는 낯선 곳에서 소득 없이 일하며 지쳐 있었고, 낯설게 여겨지는 덥수룩한 수염은 얼굴을 흉하게 덮었으며, 누런색의 살갗은 그에게 병이 있음을 암시하는 듯했다. 그는 그곳에 체류하는 고향 이민자들과도 별다른 연락을 하지 않고 지내지만, 그 지방 토박이 가족들과도 거의 교류가 없었다. 나름대로 독신의 삶을 영위하고 있다고 했다.

그렇게 자신을 모두 소진한 사람에게 무슨 글을 써야 한단 말인가. 그를 동정하지만 도와줄 수는 없었다. 그에게 다시 생활 터전을 여기로 옮기고, 옛날의 모든 친밀한 관계를 다시 쌓으라고 충고해야 할까?—물론 거기에는 어떠한 장애도 없었다—그리고 나머지는 친구들의 도움에 기대라고? 하지만 그것은 보살필수록 더 병들게 한다는 사실을 그에게 말하는 것과 다를 바가 없으며, 지금까지의 그의 모든 시도는 실패했으니, 이젠 그곳에서 손을 털고 고향으로 돌아오라고, 그리고 영원히 뒤처진 자의 입장에서 다른 사람들의 눈총을 받을 수밖에 없다 하여도 친구들은 이해해 줄 거라고. 그는 그저 나이든 아이에 불과하며 성공한 친구들을 부러워해야 할 거라고. 이렇게 말 해줘야 하나?

이렇게 해서 그가 느낄 고통이 어떤 확실한 목적이라도 있기 때문이란 말인가. 그를 고향으로 데려오는 일은 완전히 불가능한 일일지도 모른다. 그는 이미 자신의 입으로 고향사정을 통 모르겠단 말을 했다. 고향이 낯설다는 얘기다. 그러므로 그는 타지에 남아 있을 것이다. 친구들의 충고를 씁쓸해하며 그리고 친구들로부터 좀 더 멀어진 채.

그러나 만일 그가 정말로 친구들의 충고에 따라 이곳에 온다면, 그리고 이곳의 상황에 주눅이 든다면, 자신이 갈피를 잡지 못하고 그에 따른 수모를 겪게 된다면, 그래서 이제 완전히 친구와 고향을 잃게 된다면! 바로 이러한 염려스런 이유들 때문에 편지를 보낼 수 없었고 마음을 털어놓고 얘기할 수도 없었다. 그 친구는 3년이 넘도록 고향을 찾지 않았다. 러시아의 불안정한 정치 탓이라고도 했다. 사업상 자리를 비울 수 없다는 이유도 댔다. 수십만의 러시아인들이 아무렇지도 않게 세상 곳곳을 다니는데도 말이다.

이 3년의 시간이 흐르는 동안 게오르크에겐 많은 변화가 생겼다. 어머니의 죽음과 그 이후부터 늙은 아버지와 함께 가업을 돌봐온 것은 그 친구도 알고 있던 사실이며, 한 편지에서 덤덤히 어머니의 죽음에 대한 조의를 표한 바 있다. 아마도 그것은 시간의 공백과 타지에서 느껴지는 감정이 슬픔을 제대로 감지하지 못했기 때문이리라.

그 무렵부터 게오르크는 결연한 자세로 그의 사업에 임했다. 어머니가 살아계실 때 그의 아버지는 자신의 의견만을 관철시킴으로써 게오르크가 자신의 의지로 활동하는 것을 막았던 것이다. 어머니 사망 후에도 사업에 관여를 하기는 했지만 전보다는 소극적이 되었다. 어쩌면 우연한 행운들이 더 많았다고 하는 것이 좋을 듯하다. 사업은 2년 동안에 번창하여 직원 수를 배로 늘려야 했고, 매출은 다섯 배나 늘었으며 앞으로도 계속 발전할 것은 의심의 여지가 없었다.

그러나 그 친구는 그러한 변화에 대하여 전혀 모르고 있었다. 전에, 마지막으로 조의를 표한 그 편지에서였던가? 그는 게오르크를 러시아로 오라고 하면서 게오르크의 지사가 페테르부르크에서 누릴 수 있는 여러 가지 전망에 대해 얘기했다. 게오르크의 현재 사업이 기록하고 있는 수치에 비하면 보잘 것 없는 내용이었다. 그러나 게오르크는 그 친구에게 승승장구하고 있는 사업상의 성공에 대한 얘기를 편지에 쓸 마음이 없었다.

그래서 게오르크는 잡다한 일상의 얘기들이나 편지에 쓰기로 했다. 어느 한적한 날 가만히 생각하면 기억 속에 와서 쌓이는 그런 일들 말이다. 그는 그 친구가 오랜 세월

동안 고향에 대하여 가슴속에 만들어 놓고서 <u>스스로</u> 만족하고 있을지도 모를 그 이미지를 방해하고 싶지 않았을 뿐이다. 그래서 그는 뭐 그렇고 그런 남자와 그런 처녀가 어쩌다 보니 약혼을 하게 되었다는 얘기를 세 번에 걸쳐 꽤 시차를 두고 쓴 적이 있었는데, 그 친구는 게오르크의 의도와는 다르게 그 이야기를 특별하게 생각하고 관심을 보이는 것이었다.

게오르크는 한 달 전에 유복한 가정의 처녀 프리다 브란덴펠트 양과 약혼했다는 고백을 하기보다는 차라리 그런 것들을 시시한 투로 편지에 즐겨 썼다. 게오르크는 자주 그의 약혼녀와 그 친구에 대해 그리고 서신으로 맺고 있는 야릇한 관계에 대해 이야기를 나누곤 했다.

"그럼 그 사람은 우리 결혼식에는 못 오나요? 난 당신의 친구들을 다 알 권리가 있어요."

그녀가 말했다.

"난 그 친구를 방해하고 싶지 않아요."

게오르크가 대답했다.

"그 친구는 오라고 하면 올 거요. 하지만 마지못해 왔다는 생각에 기분이 좀 상할 거야. 그리고 날 부러워할지도 몰라요. 분명 불만스러워 할 거고, 이런 불만을 덜어낼 방법이 없으니 혼자서 다시 돌아갈 거요. 혼자서 말이오. 알겠어요, 그게 무슨 뜻인지?"

"네, 그렇다면 그가 우리의 결혼을 다른 통로를 통해 알수 없나요?"

"물론 그건 나로서는 막을 길이 없어요. 하지만 그의 생활방식으로 미루어 그럴 가능성은 극히 적어요."

"게오르크, 당신 친구들이 다 그 모양이라면 당신은 약혼 같은 것을 하지 말았어야 했어요."

"그래, 그건 우리 둘의 책임이오. 하지만 난, 마음을 달리 가질 생각은 없어요."

게오르크는 그녀에게 키스를 하였다. 잠시 숨을 몰아쉬던 그녀가 말했다.

"그래도 나는 그게 기분이 안 좋아요."

그는 그 친구에게 모든 것을 편지로 알리는 것이 정말로 나쁠 것은 없다고 생각했다.

'난 원래 이렇고, 그는 나의 이런 모습을 받아들여야 해.'

그는 속으로 말했다.

'나는 그와의 우정을 위해 현재의 나보다 더 적합한 인간을 내 안에서 만들어 낼 수는 없어.'

그리고 실제로 그는 장문의 편지로 그 친구에게 자신의 약혼 사실을 말했다.

'자네에게 전할 멋진 소식을 이제야 말하겠네. 자네가 떠나고 한참 후에, 자네 또한 알지 못했던, 이곳으로 이사 온 유복한 가정의 여성 프리다 브란덴펠트 양과 나는 약혼을 했다네. 자네에게 나의 신부에 관해 좀 더 자세히 알려줄 기회가 있을 거야. 요즘 나는 정말 행복하고, 자네는 보통 때의 친구가 아닌, 아주 행복해하는 친구를 가지게 되었다네. 조만간 나의 약혼녀가 자네에게 진심으로 안부를 묻고, 다음에는 직접 자네에게 편지를 쓸 걸세. 총각에게 솔직한 여자 친구가 생기는 것도 그렇게 무의미하지는 않을 거야. 자네가 우리에게 방문하는 것을 여러 측면에서 꺼려하리라는 것을 알지만, 나의 결혼식이 모든 문제들을 한꺼번에 던져 버릴 좋은 기회가 되지 않겠나? 하지만 이것 또한 어떻든 간에, 너무 깊이 생각하지 말고 자네가 하고 싶은 대로 하게나.'

게오르크는 이 편지를 쥐고 멍청히 창문을 바라보며 책상 앞에 한참 동안 앉아 있었다. 골목길에서 지나가던 한 지인이 인사를 했으나 그는 얼이 빠진 듯, 미소로조차 답하지 않았다. 마침내 그는 주머니에 편지를 넣고 방을 나가, 작은 복도를 가로질러 몇 달째 들르지 않았던 아버지의 방으로 갔다. 평상시에는 그곳을 갈 필요가 없었다. 왜

나하면 그는 아버지와 항상 가게에 있었고 점심 식사도 식당에서 같이 하곤 했기 때문이었다. 저녁은 각자 편한 대로 해결했다. 저녁 식사 뒤엔 함께 쓰는 거실에서 각자 신문을 읽으며 앉아 있기도 했다. 친구들을 만나거나 그의 약혼녀를 만나지 않으면 자주 그랬다. 몹시 자주 그랬지만 말이다.

게오르크는 이렇게 햇빛이 밝은 정오인데도 아버지의 방은 컴컴한 것에 의아했다. 그 어둠은 좁은 마당 저편에 우뚝 솟아 있는 높은 벽이 드리우는 그늘 때문이었다.

아버지는 돌아가신 어머니에 대한 여러 가지 기념물로 장식되어 있었던 창가 구석에 앉아, 신문의 한쪽 귀퉁이를 눈에 바짝 대고 읽고 있었다. 탁자 위에는 아침에 먹다 남은 음식이 놓여 있었고, 음식엔 별로 손을 댄 것 같지 않았다.

"아, 게오르크!"

아버지는 그렇게 말하며 그에게로 다가갔다. 그의 묵직한 잠옷의 앞섶이 열렸고, 양쪽 단이 그의 몸 주변에서 펄럭거렸다.

'아버지는 여전히 거인이야.' 그는 속으로 생각했다.

"이 곳은 너무 어두워요, 아버지."

게오르크가 이어서 말했다.

"그래 좀 어둡지."

아버지가 대답했다.

"창문도 닫으셨어요?"

"응, 난 그렇게 하는 게 더 좋구나."

"밖은 정말 따뜻해요."

게오르크는 앉았다. 아버지는 아침 식사 때 사용한 그릇을 거두어 궤짝 위에 올려놓았다.

"아버지에게 드리고 싶은 말이 있어요."

게오르크는 늙은 아버지의 움직임을 멍한 눈길로 계속 좇으며 말을 이었다.

"이번에 페테르부르크에도 제 약혼 소식을 알렸어요."

그는 편지를 주머니에서 조금 꺼내다가 이내 다시 집어넣었다.

"페테르부르크라고?"

아버지가 물었다.

"제 친구에게요."

게오르크는 말했으며 아버지의 눈빛을 살폈다. 가게에서의 아버지와는 전혀 다른 모습이라고 그는 생각했다. '여기서는 떡 버티고 앉으셔서 팔짱을 끼고 계시군.'

"그래. 네 친구에게." 아버지는 강조하면서 말했다.

"아버지도 아시잖아요. 제가 처음에는 그에게 저의 약혼에 대해 침묵하고자 했다는 것을요. 신중하려고 했던 거지요. 다른 이유는 없어요. 아버지도 아시겠지만 그 친구는 대하기 힘든 사람이에요. 고독한 그의 생활방식으로 보아선 그가 다른 경로로 제 약혼 소식을 접하리라고는 생각하지 않아요. 하지만 그가 소식을 접하는 걸 막을 수는 없겠죠. 그러나 제가 직접 말하긴 싫었어요."

"그렇다면 이제는 약혼을 달리 생각한다는 거냐?"

아버지는 그렇게 물으시며 신문을 창문턱에 내려놓고, 그 위에 안경을 놓더니 손으로 안경을 덮었다.

"예, 지금 다시 생각해 봤어요. 그가 저의 좋은 친구라면, 그렇다면 저의 행복한 약혼 또한 그에게는 행복일 거라고 제 자신에게 말했어요. 그리고 그렇기 때문에 그에게 알리는 것을 더는 주저하지 않기로요. 하지만 편지를 부치기 전에 아버지께 그 말씀을 드리고 싶었어요."

"게오르크야."

아버지가 말씀하시며 이가 다 빠진 양쪽으로 길게 당겼다.

"내 말을 듣거라! 넌 이 일로 나에게 조언을 구하기 위해서 온 거야. 확실히 그건 잘한 일이지. 하지만 네가 나에게 지금 완전한 진실을 말하지 않을 때는, 그건 아무것도 아닌 것보다 더 고약한 일이란다. 난 이 일과 관계없는 것들을 들추어내고 싶지 않구나. 사랑하는 너의 엄마가 죽은 이후로 확실히 좋지 않은 몇 가지 일들이 일어났다. 그런 일들도 다 때가 있어. 어쩌면 우리가 생각하는 것보다 더 빨리 그런 때가 올 수도 있단다. 사업에서는 난 많은 것들을 알아채지 못하고 있는데, 아마도 나에게 숨긴 건 없을 거야. 나에게 뭔가를 숨긴다는 가정은 하고 싶지도 않아. 나는 이제 힘도 많이 빠졌고, 기억도 흐려지고 있다. 많은 것들을 다 살필 수는 없어. 첫째로 이건 자연의 이치고, 둘째로 네 어머니의 죽음은 너보다 내게 훨씬 더 많은 타격을 주었어. 그건 그렇고 우리는 지금 이 일, 즉 이 편지 이야기를 하는 중이니까. 게오르크 제발 부탁인데, 제발 날 속이려 들지는 마라. 그건 사소한 일이야. 털끝만큼의 가치도 없어. 그러니 속이지 마. 그 친구가 정말 페테르부르크에 있는 거니?"

게오르크는 당황하여 일어났다.

"제 친구들 얘기는 그냥 두죠. 수천 명의 친구들도 아버지를 대신하진 못해요. 제 말 뜻을 아시겠어요? 아버지는 건강을 챙기지 않으시잖아요. 하지만 나이가 들면 건강에 신경 쓰셔야만 해요. 아버지는 저에게 있어서 사업상 없어서는 안 되는 분이에요. 그건 아버지가 너무나도 잘 알고 계시잖아요. 하지만 사업이 아버지의 건강을 위협한다면 제가 내일부터라도 영원히 회사 일을 못 하시도록 막을 거예요. 그럴 수밖에 없어요. 아버지를 위해 다른 생활방식을 도입할 수도 있어요. 그것도 근본적으로 다르게. 아버지는 이곳 어둠 속에 앉아 계시잖아요. 거실에 계시면 햇살이 더 좋을 텐데요. 조반도 제대로 드시지 않고, 힘을 기르기는커녕 점점 더 약해지고 계세요. 창문도 꾹 닫고 계시고, 사람이 신선한 공기를 마셔야요. 정말 이러시면 안돼요, 아버지! 의사를 데리고 올 테니 그의 처방에 따르도록 하세요. 그리고 방도 바꾸기로 해요. 아버지가 현관 쪽 방으로 가시고 제가 이 방으로 올게요. 모두 그대로 다 옮겨 놓을 테니까 변하는 것도 없을 거예요. 모든 건 다 때가 있어요. 지금 당장은 잠시라도 침대에 누우세요. 아버지는 절대적으로 휴식이 필요해요. 자, 옷 벗는 일을 도와드릴게요. 제가 얼마나 잘하는지 직접 확인하시게 될 거예요. 아니면, 당장 제 방으로 가셔서 제 침대에 누우세요. 그게 낫겠군요."

게오르크는 흰 머리카락이 덥수룩한 머리를 가슴께에 떨구고 있는 아버지 곁으로 바싹 붙어 섰다.

"게오르크."

아버지는 움직이지 않고 나지막한 소리로 말했다. 게오르크는 즉시 아버지 옆에 무릎을 꿇었으며, 아버지의 피곤한 얼굴에서 흔들리는 눈동자가 그에게 맞춰져 있는 것을 보았다.

"너에겐 페테르부르크에 친구가 없어. 넌 언제나 허풍쟁이였고 내 앞에서도 조금도 삼가지 않았지. 어떻게 해서 네 친구가 하필이면 그곳에 있단 말이냐! 도무지 믿을 수가 없어."

"아버지, 다시 한 번 잘 생각해 보세요."

게오르크는 말하며 아버지를 안락의자에서 들어 올린 뒤, 아버지의 잠옷을 벗겨드렸다.

"3년 전이었을 거예요. 그때 제 친구가 우리 집에 찾아왔었죠. 아버지가 그 친구를 탐탁지 않게 여겼던 것도 기억나는군요. 두 번 정도는 아버지께 그 친구가 오지 않았다고 한 적이 있어요. 그 친구가 바로 제 방에 있는데도 말이에요. 아버지가 그 친구를 싫어하시는 이유를 전 이해하고도 남았어요. 그 친구는 좀 별난 데가 있었으니까요. 그러다가 아버지는 다시 그와 친한 사이가 되었잖아요. 당시에 저는 아버지가 그의 얘기를 경청하고 고개를 끄덕이고 또 질문하시는 걸 보고, 너무나도 자랑스러웠어요. 아버지도 생각해 보면 기억나실 거예요. 그때 그가 러시아혁명에 관한 믿기지 않는 이야기들을 들려줬잖아요. 예를 들어 그는 격동기에 키예프로 출장을 갔다가 폭동을 만났는데 거기서 한 성직자가 손바닥에 피의 십자가를 그은 뒤 그 손을 들어 군중들을 향해 외치는 장면을 보았다는 얘기 같은 거요. 아버지는 때때로 그 이야기를 직접 하시기도 했어요."

그 사이 게오르크는 아버지를 다시 자리에 앉히고 양말뿐만 아니라 팬티 위에 입고 있던 내복과 양말을 조심스럽게 벗겼다. 그리 깨끗해 보이지 않는 세탁물을 보면서 아버지에게 소홀했던 것을 자책했다. 아버지가 세탁한 옷으로 갈아입는 것을 챙기는 것도 그의 의무라면 의무였다. 게오르크는 자신의 약혼녀와 둘이서 아버지의 미래를 어떻게 설계해야 할지를 아직 상세히 얘기하지 않았다. 그러나 암묵적으로는 아버지가 옛 집에서 혼자 사시도록 할 것을 전제하고 있었다. 하지만 지금 게오르크는 단호하게 결심했다. 새로이 꾸려갈 미래의 가정에 아버지를 모시기로. 좀 더 엄밀히 따져 보면 그가 아버지를 보살피는 것도 너무 늦은 게 아닌가 하는 생각도 들었다.

그는 아버지를 부축하여 침대로 모셔 갔다. 침대로 몇 걸음 다가가는 동안 아버지가 그의 가슴에 걸린 시계 목걸이를 만지작거리고 있는 것을 알아챘을 때 뭔가 불편한 느낌이었다.

그가 아버지를 바로 침대에 눕힐 수 없을 정도로 아버

지는 시계 목걸이를 꽉 잡고 있었기 때문이다. 하지만 침대에 눕히자마자 다 좋아진 것처럼 보였다. 아버지는 직접 이불을 덮었으며 어깨 위로 힘껏 이불을 끌어당겼다. 그는 싫어하는 것 같지는 않은 눈으로 게오르크를 올려다보았다.

"이제 그 친구가 기억나시죠, 그렇죠?"

게오르크가 물었으며 동의를 구하려는 듯 그를 향해 고개를 끄덕였다.

"이불이 제대로 덮여 있니?"

아버지는 발이 제대로 덮여 있는지 볼 수 없는 것처럼 물었다.

"침대에 누우시니까 편하시죠?"

게오르크가 말하고 이불로 아버지를 좀 더 감쌌다.

"이불이 제대로 덮였냐?"

아버지는 재차 물었고 게오르크의 답변에 상당한 신경을 쓰시는 것 같았다.

"염려마세요. 잘 덮였어요."

"아니야!"

아버지는 대답과 질문이 서로 충돌할 만큼 소리를 버럭 지르더니 이불을 힘껏 제쳤고 순간 이불이 공중에서 펼쳐졌다. 그는 침대 위에 똑바로 서서 한 손을 천장에 기대고 있었다.

"네가 내게 이불을 덮어 주려 한 것은 내 잘 안다. 내 아이야. 하지만 이불이 제대로 덮이지 않았어. 마지막 힘만으로도 넌 충분해. 아니, 넘쳐난다! 물론 나는 네 친구를 잘 안다. 나는 그 아이가 내 아들이었으면 좋겠다는 생각도 했지. 넌, 그 친구를 내내 속여 온 거야. 그렇지 않고서야 왜 그랬겠니? 내가 그 애 때문에 눈물 흘린 적이 없을까? 넌 사무실에 틀어박혀서 사장님은 바쁘다며 누구의 방해도 받지 않으려고 한 거야. 러시아로 거짓 편지를 쓰려고 말이다. 아버지가 아들의 마음을 꿰뚫어볼 수 있는 것은 본능이다. 너는 그 아이를 뭉개 버렸다고 생각했지. 네 엉덩이로 그 애 몸에 올라타고 앉아 옴짝달싹하지 못하도록 말이야. 그러고는 이제 와서 나의 아드님께서는 결혼을 하기로 결심하신 거지!"

게오르크는 소름 끼치는 아버지의 모습을 올려다보았다. 아버지의 입에 오른 페테르부르크의 그 친구가 이제까지와는 달리 그의 마음을 사로잡았다. 그는 광활한 러시아에서 길을 잃은 그 친구의 모습을 보았다. 약탈당해 텅 빈 가게 앞에서 허탈하게 서 있는 친구의 모습을 보았다. 다 부서져 산산조각 난 폐허 위에 지금도 서 있는 친구의 모습을 보았다. 왜 그리 멀리 떠나야만 했던가!

"나를 똑똑히 봐라!"

아버지는 외쳤고 게오르크는 멍한 상태로 침대로 걸어 가다가 중간에 멈춰 섰다.

"그년이 치마를 올렸기 때문이야."

아버지는 아무 말이나 내뱉으려는 듯 망설임이 없었다.

"그년이 치마를 그렇게 올렸기 때문이야, 그 역겨운 년 이 말이야."

그러면서 그는 그 모양을 흉내 내려는 듯 셔츠를 확 들 어올렸다. 그러자 전쟁 때 입은 허벅지의 상처가 보였다.

"그년이 치마를 이렇게, 이렇게, 이렇게 추켜올렸기 때 문에, 너는 그년한테 달라붙은 거야. 그리고 넌 아무런 방 해 없이 그년과 재미 보려고 네 엄마의 영전을 더럽히고 친구를 배반하고 날 옴짝달싹도 못하게 침대에 처박은 거 야. 그런데? 내가 옴짝달싹 못하던, 그래?"

그는 이제 아무것도 잡지 않은 채로 서서 의기양양한 모습이었다. 게오르크는 가능한 아버지로부터 멀리 떨어 진 방구석에 서 있었다. 아주 오래전에 그는 모든 것을 아 주 세세하게 관찰하기로 굳게 결심했었다. 우회로를 통해, 그러니까 뒤로부터 혹은 위에서 기습공격을 받지 않기 위 해서, 오래전에 잊었던 그 결심을 다시 떠올렸다가 어느 순간, 망각해 버리고 말았다.

"하지만 그 친구는 배반당하지 않았다!"

아버지는 외쳤고 검지를 가로 저으며 그 말을 강조했다.

"내가 여기서 그 친구의 대변인 노릇을 해 주었지."

"코미디를 하시는군요!"

게오르크는 더는 참지 못하고 그렇게 소리를 지르고 말
았다.

"그래, 분명 내가 코미디를 하고 있지! 코미디를! 그거
좋은 말이네! 늙은 홀아비에게 무슨 다른 위안이 남아 있
겠냐? 불충한 직원에게 쫓겨 뒷방으로 밀려난, 늙을 대로
늙은 내게 뭐가 남아 있겠는가? 말해 봐라. 내 아들은 희희
낙락하며 세상을 떠돌아다니고 내가 장만한 가게들을 다
걷어치우고는 너무나 즐거워 공중제비까지 돌더니만, 제
아비 앞에서는 괜히 점잖은 척하면서 시무룩한 얼굴로 도
망쳤지! 넌 내가, 널 사랑하지 않았다고 생각하니?"

'이제 앞으로 허리를 구부리겠지.' 게오르크는 생각했
다. '굴러떨어져서 박살이나 나라!' 그 말이 쉭쉭 소리를
내며 그의 머리를 스쳤다. 아버지는 굴러떨어지지 않았다.

"넌 그곳에 그냥 있거라. 너 따위는 필요 없으니까! 넌
이쪽으로 올 수 있지만 네가 원해서 그냥 그곳에 있는 거
야. 착각하지 마라! 아직은 내가 너보다 훨씬 세다. 만약
내가 혼자였다면 내가 물러섰겠지. 하지만 네 엄마는 자신

이 갖고 있던 힘을 내게 주었고, 네 친구와 나는 아주 많이 단단히 결속되어 있으며, 너의 고객 명단도 여기 내 주머니에 들어 있다!"

'속옷에까지 주머니가 있나 보네!' 게오르크는 속으로 중얼거리면서 그 한마디로도 아버지를 완전히 망신시킬 수 있다고 생각했다. 하지만 그런 생각도 한순간뿐이었다. 또 망각했기 때문이다.

"네 약혼녀와 팔짱을 끼고 나에게 다가와 봐라! 그 여자를 빗자루로 쓸어버릴 테니. 그걸 네가 막을 방도는 없지!"

게오르크는 믿지 못하겠다는 듯 얼굴을 찡그렸다. 아버지는 자신이 한 말이 진실임을 강조하려는 듯 구석에 있는 게오르크를 보며 고개만 끄덕였다.

"네가 나에게 와 네 친구에게 약혼 사실을 알려야 하는지를 물었을 때, 난 우스워 죽을 뻔했다. 이 멍청한 녀석아. 그는 다 알고 있어, 다 알고 있다고! 내가 이미 그 친구에게 편지를 썼거든. 넌 내게서 필기구를 빼앗는 걸 잊었던 게야. 그 때문에 그 친구는 몇 년 전부터 여기에 오지 않는 거다. 너보다도 몇 배는 이곳 사정을 알고 있었으니까. 그 아이는 네 편지는 읽지도 않고 구겨서 쓰레기통에 버리고, 내 편지만 읽었단 말이다!"

그는 흥분한 나머지 머리 위로 팔을 마구 휘둘렀다.

"그 친구는 모든 걸 너보다는 천 배는 더 잘 알고 있단다!"

그는 소리를 질렀다.

"만 배겠죠."

게오르크는 아버지를 비웃어 주려고 그렇게 말했다. 그러나 이미 입에서는 진지하기 짝이 없는 말투로 들렸다.

"난 벌써 몇 년부터 이러한 질문을 하러 올 것이라 생각하고 너에게 신경을 쓰고 있었지. 내가 다른 곳에 신경을 쓸 것이라고 생각했느냐? 넌 내가 신문을 읽는다고 생각하는 거니? 여기! 그는 신문지 한 장을 게오르크에게 던졌다. 오래된 낡은 신문이었다. 심지어 게오르크가 이름도 알지 못하는.

"너는 철이 들기까지 꾸물대기도 정말 오래 꾸물댔어! 네 엄마는 즐거운 날은 겪어 보지도 못하고 세상을 떠야 했고, 네 친구는 러시아에서 몰락의 길을 걷고 있고, 이미 3년 전에 폐인이 되었지만, 그리고 나는, 내 처지는 네 눈으로 똑똑히 봤지? 그 때문에 네게 눈이 달린 거니까!"

"아버지는 숨어서 절 보셨군요!"

게오르크는 소리쳤다. 그러자 아버지는 동정하는 조로 덧붙여서 말했다.

"그 말을 더 일찍 하고 싶었겠지. 그러나 지금은 전혀 때가 아니야."

그리고 더욱 큰소리로 말했다.

"이젠 이 세상에 너 외에 무엇이 있는지 잘 알겠지? 지금까지는 넌 오로지 너밖엔 몰랐어! 넌 순진한 아이였지. 하지만 더 사실대로 말하자면 넌! 악마 같은 인간이었다. 그러니 잘 들어라. 내 이제 너에게 익사형을 선고한다!"

게오르크는 방에서 쫓겨나는 듯한 느낌을 받고 도망치듯 뛰쳐나왔다. 아버지가 그의 뒤에서 침대에 벌렁 드러누울 때 난 쿵 소리가 귓전에 생생하게 들려왔다. 계단을 내려가는 도중에 파출부와 정면으로 맞닥뜨렸다. 그녀는 청소를 하러 올라오던 중이었다.

"어머나!"

그녀는 소리치며 앞치마로 얼굴을 가렸으나 이미 그는 저만치 줄행랑을 쳐 버린 뒤였다. 게오르크는 대문 밖으로 쏜살같이 달려나가 차도를 건너 자신도 모르게 발길을 강물 쪽으로 돌렸다. 다리 난간을 잡았다 싶은 순간, 그는 난간을 훌쩍 뛰어 넘었다.

어린 시절엔 부모의 자랑이었던, 훌륭한 체조선수였던 그다. 난간을 잡고 있는 손에 힘이 빠지고 있었다. 쇠막대 난간의 사이로 그가 추락하는 소리를 압도해 버릴 정도로 달리는 버스를 보고 있다가 끝내 그는 나직한 소리로 외쳤다.

"사랑하는 부모님, 저는 정말이지 부모님을 언제나 사랑
했습니다."

그는 몸을 떨어뜨렸다. 그 순간 다리 위에는 많은 차들
이 멈추지 않고 계속하여 오가고 있을 뿐이었다.

어느 학술원에
드리는 보고

학술원의 지체 높으신 여러 선생님께.

여러분께서는 학술원에, 원숭이로서의 저의 전력에 대한 보고를 올릴 수 있도록 제 자신에게 영광을 베풀어 주시는군요. 그런 의미에서 볼 때 전 유감스럽게도 그와 같은 요구를 들어줄 수가 없습니다. 거의 5년이란 세월이 절 원숭이의 세계로부터 갈라놓고 있습니다. 달력으로만 보면 극히 짧은 시간이지만, 제가 그래왔듯이, 훌륭한 인간들의 조언과 갈채, 그리고 오케스트라 음악의 배웅을 받으며 질주하기엔 무한히 긴 시간이지요. 하지만 전 근본적으로 혼자였습니다. 모든 배웅은 그 지점의 훨씬 전에서 멈추었기 때문입니다. 제가 제 출생이나 젊은 시절의 추억에만 매달렸다면 이러한 업적은 이루지 못했을 것입니다. 고

집을 다 버리는 것이 제가 스스로 부과한 최고의 계명이었
지요.

자유로운 원숭이인 전 이 멍에를 기꺼이 받아들였습니
다. 아울러 나의 기억들은 자신을 폐쇄하였지요. 인간들이
원해서, 땅 위의 모든 문을 통과하여 되돌아가는 일이 애
당초 저에게 일임되어 있다면, 그와 함께 채찍을 맞으며
앞으로 나아간 저의 발전은 졸렬하고 편협한 것이 되었을
겁니다.

저는 인간세계에서 훨씬 더 포근함과 아늑함을 느꼈습
니다. 저의 과거에서 제 등 뒤로 불어오던 폭풍은 잠잠해
졌고 오늘은 한줄기 산들바람이 불어와 제 발꿈치를 식혀
줄 뿐입니다. 그리고 저기 보이는 저 구멍, 제가 통과했던
저 구멍은 아주 작아져서, 만약 돌아가기 위해 저 문을 통
과하려면 내 몸뚱이의 가죽이 다 벗겨져야 할 것입니다.
솔직히 말해서 여러분이나 저나 그와 같은 것을 겪는 한
에 있어서는, 그리 큰 차이는 나지 않을 것입니다. 땅 위
를 걸어다니는 자는 누구나 발꿈치가 가려운 법입니다.
그것은 조그만 침팬지나 위대한 아킬레스도 마찬가지인
것이지요.

저는 극히 한정된 의미에서 여러분의 질문에 답할 수
있을 것이나, 아주 기쁜 마음으로 대답하겠습니다. 제가

가장 먼저 배운 것은 악수였습니다. 악수는 솔직함을 나타내지요. 그러나 이런 말은 여러분이 저에게 기대하고 또 제가 아무리 표현하려 해도 할 수 없는 것들이지요. 제 말은 그저 한 원숭이가 인간의 세계로 뛰어들어와 터를 잡게 된 그 큰 줄거리를 알려줄 수는 있을 겁니다. 만약에 제가 저 자신을 신뢰하지 못하고 극히 다양하고 문명화된 이 세계에서 제 위치를 확고하게 굳히지 못했다면 저는 다른 사소한 것도 말할 수 없었을 겁니다.

전 황금해안에서 태어났습니다. 제가 어떻게 잡혔는지에 대해선 보고를 따를 수밖에 없습니다. 저녁에 제가 무리들과 물을 마시러 갔을 때, 강가의 덤불 속에 매복하고 있던 하겐백 상사(商事)의 사냥 원정대의 총에 맞았지요. 두 방을 맞았습니다.

한 방은 뺨에 맞았는데 별로 심한 건 아니었어요. 하지만 깨끗이 면도를 한 것처럼 커다란 붉은 상처를 남겼지요. 그 때문에 저는 전혀 어울리지 않는 빨간 페터라는 별명을 얻게 되었습니다. 다른 한 방은 허리 아래쪽에 맞았어요. 상처가 심했지요. 제가 지금도 다리를 약간 저는 것은 그 때문입니다.

얼마 전에 저는 여러 신문에다 저에 대해 아무렇게나 써대는 많은 그레이하운드 중 한 녀석의 글을 읽었어요.

제가 원숭이의 천성을 버리지 못했다는 거예요. 그 증거로 누가 찾아오면 총에 맞은 흔적을 보여 주려고 즐겨 바지를 내린다는 겁니다. 그런 녀석은 글 쓰는 손가락을 하나씩 분질러 버려야 해요. 제 맘에 드는 사람 앞에서 제가 바지를 벗는 것은 제 자유예요. 뭐 그래봤자 거기서 볼 수 있는 것은 잘 가꾸어진 털과—여기서 우리는 특정한 목적에 맞게 특정한 낱말을, 오해가 없을 만한 그런 낱말을 선택하기로 하죠—무도한 총질이 남긴 상처뿐이지요. 모든 것은 드러나기 마련, 숨길 건 아무것도 없어요. 만약 사람이 손님이 왔을 때 옷을 벗는다면 그건 분명 센세이션을 불러일으키겠죠. 사람이 그러한 행동을 하지 않는 것은 분별력이 있기 때문일 거예요. 따라서 그런 예민한 감각으로 저를 괴롭히지 말아 주세요.

제가 겪은 일이 서서히 기억나는나는군요. 총에 맞은 후, 깨어난 곳은 하겐벡 상사 소유의 증기선 갑판의 한 우리였어요. 그것은 벽이 네 개인 격자 우리가 아니었어요. 벽이 세 개뿐이었으며 한 궤짝에 고정되어 있었어요. 그러니까 그 궤짝이 네 번째 벽 역할을 한 것이지요.

서 있기에는 높이가 낮았고 앉아 있기에는 폭이 너무 좁았어요. 그래서 전 어정쩡한 자세로 덜덜 떨면서 쪼그리고 앉아 있었지요. 누구와도 눈길이 마주치기 싫고 어둠 속에 있고 싶었기 때문에 궤짝 쪽으로 얼굴을 돌리고서 말이죠. 사람들은 야생동물들을 초반에는 그렇게 가두어 놓는 것이 좋다고 생각하지요. 인간적인 의미에서 저도 그렇다는 것을 부정할 수 없어요.

당시엔 그런 생각을 하지 못했어요. 제 생애에서 그런 출구 없는 상황에 처한 것은 처음이었으니까요. 막막했지요. 제가 할 수 있는 일이라고는 없었어요. 나중에 사람들에게 전해 들은 바에 의하면, 제가 워낙 조용해서 사람들은 제가 곧 죽거나 아니면 힘든 시기를 견뎌 낸 후, 길이 잘 들 거라고 했다는 군요. 전 이겨 냈어요. 소리죽인 흐느낌, 고통스러운 벼룩 잡기, 코코넛을 지치도록 핥기, 머리로 궤짝 벽 들이받기, 누가 다가오면 혀 내밀기. 생애에 처음 한 짓거리들이었어요. 그러나 한 가지 느낌만 갈구했지요. 그건 바로 출구가 없다는 것이었지요.

당시 원숭이의 입장에서 느낀 것을 이제 인간의 말로만 묘사할 수 있어 그렇게 하고 있긴 하지만, 제가 비록 예전의 원숭이의 진실에는 다다를 수 없다 해도 적어도 제가 하는 묘사의 방향 속에는 그와 같은 원숭이의 진실이 들어 있음을 의심할 필요는 없습니다.

그때까지만 해도 저에겐 여러 가지 출구가 있었는데, 이제 하나도 없게 되었습니다. 전 수렁에 빠져 버린 것이지요. 사람들이 저를 못으로 박아 놓았다고 해도 저의 자유가 이보다 더 줄어들지는 않았을 겁니다. 왜 그럴까요? 발가락 사이에 상처를 내보세요. 그래도 그 이유를 알지 못할 겁니다. 몸이 두 동강 날 정도로 등 뒤의 창살에 대고 몸을 짓이겨도, 그래도 그 이유는 알지 못할 겁니다.

저는 출구가 없어서 직접 출구를 만들어야 했지요. 출구가 없으면 살 수가 없으니까요.

그놈의 궤짝 벽에 달라붙은 채로—꼼짝없이 죽을 지경이었지만 하겐벡 상사에서 원숭이는 궤짝 벽에 붙어 있어야 했어요—자, 그렇게 해서 전 이제 원숭이이기를 포기했어요. 명쾌하고도 멋진 사고 과정이었지요. 제가 어쩌다가 배로 생각해 낸 거지요. 원숭이들은 배로 생각하거든요.

제가 말하는 출구가 무엇을 말하는지 사람들이 제대로 이해를 할지 걱정이에요. 전 그 낱말 본래의 의미 그대로 사용합니다. 저는 의도적으로 자유란 말을 쓰지 않는 거예요. 사방팔방으로 탁 트인 자유라는 위대한 감정을 말하는 게 아니니까요. 저는 원숭이였을 때도 그런 감정을 알았던 것 같습니다. 그리고 그것을 갈구하는 사람들도 만났습니다. 그러나 제 입장으로는 그와 같은 자유를 옛날에도 원치 않았고 지금도 원치 않습니다. 사람들은 자유라는 말로 너무나 빈번하게 서로 속이고 속습니다. 그리고 자유가 가장 숭고한 감정 중의 하나이듯, 착각 역시 더없이 숭고한 감정에 속합니다.

저는 서커스 무대에 서기에 앞서 곡예사 한 쌍이 천장 꼭대기에서 공중그네를 다루는 것을 봅니다. 그들은 서로 발을 구르고, 도약하고, 상대방의 팔을 향해 몸을 날리고, 한 사람이 다른 한 사람의 머리칼을 이빨로 물어서 나르지요. '저것도 인간이 누리는 자유로구나' 저는 이렇게 생각했어요. '혼자만 잘난 척하는 저 몸놀림' 이런, 신성한 자유를 비웃는 짓이라니! 이 광경을 보고 원숭이들이 터뜨리는 웃음소리 앞에서는 어떤 건축물도 남아나지 않을 거예요.

아닙니다. 전 자유를 원하지 않아요. 출구만을 원할 뿐이에요. 다른 요구는 하지 않아요. 출구가 착각이라도 상관 없어요. 요구는 작았어요. 착각 또한 이보다 크진 않을 거예요. 가자! 가자! 팔을 쳐들고 궤짝 벽에 붙어서 그냥 있지만은 않을 겁니다.

전 오늘 분명하게 깨달았어요. 내면의 평정이 없었으면 도망치지 못했을 것임을. 그리고 사실 지금의 내 모습이 이렇게 된 것은 모두 평정 덕분입니다. 배에서 며칠을 지날 때 제게 찾아든 그 평정 말입니다. 그 평정은 아마도 그 배에 탔던 사람들 덕분에 얻은 것 같아요.

어쨌든 그들은 좋은 사람들이었지요. 저의 선잠 속에서

올리던 그들의 묵직한 발걸음 소리를 떠올리면 지금도 기분이 좋아집니다. 그들은 모든 것을 아주 천천히 하는 습관이 있었지요. 눈을 비비려고 손을 올릴 때도 마치 묵직한 추를 들어 올리듯 했어요. 그들의 농담은 조금 거칠기도 했지만 정다웠지요. 그들의 웃음엔 별 큰 의미가 없는 기침 소리가 섞여 있었어요. 그들은 항상 입안에 뭔가 뱉어 낼 것을 물고 있었으며 그걸 어디에 뱉든 상관하지 않았어요. 그들은 제 몸에서 벼룩이 옮는다고 뭐라 하면서도 그 때문에 화내거나 정색을 한 적은 없었어요. 그들은 제 몸 털 속에 벼룩들이 무수히 살고 있다는 것과 벼룩이란 것이 잘 뛴다는 것도 알고 있었고 그게 다였어요. 일이 없을 때면 그들은 몇 명씩 반원으로 저를 둘러싸고 앉아 말은 거의 없이 서로를 향해 끄윽 소리만 낼 뿐이었어요. 그들은 파이프를 피우면서 제가 조금이라도 움직이면 무릎을 마주쳤어요. 그리고 가끔 누군가가 막대기로 제가 좋아하는 곳을 긁어 주었죠. 다시 절보고 그 배를 타고 여행을 하자고 초대를 하면 거절할 게 분명하지만 또 하나 분명한 것은 제가 그곳 갑판에서 잠길 수 있는 기억들이 결코 나쁜 것만은 아니라는 것입니다.

제가 그 사람들의 동아리에서 획득한 평정이 무엇보다도 저로 하여금 도망치는 시도를 하지 못하게 하였어요.

지금에야 드는 생각인데, 살려면 출구를 찾아야 하나 출구로도 도망칠 순 없다는 것을 이미 감지한 것 같았어요. 사실 도망치는 게 가능했을지 여부는 알 수 없어요. 하지만 저는 가능했을 것으로 믿어요. 원숭이니까 언제든 도망칠 수 있다고.

지금의 이빨로는 호두를 깨무는 것도 조심해야겠지만, 당시에는 시간을 두고 했다면 문의 자물쇠도 이빨로 끊어버릴 수 있었을 거예요. 저는 그렇게 하지 않았어요. 그렇게 해서 무슨 득이라도 있었을까요. 머리를 밖으로 내미는 순간, 그들은 절 잡아 다시 우리 속으로 쳐 넣었을 거예요. 아니면 맞은편의 거대한 뱀들이 있는 곳으로 몰래 도망쳤다가 뱀들에게 칭칭 감겨 숨이 끊겼겠지요. 도망쳐 나온다해도 결국은 바닷속으로 뛰어들어 허우적거리다가 물에 빠져 죽었을 테지요. 다 절망적인 행동들이죠. 전 인간들처럼 계산하진 못했어요. 그러나 주위의 영향을 받아서 마치 계산을 한 것처럼 행동한 거지요.

저는 계산은 못했지만 차분하게 지켜보기는 했어요. 사람들이 오가는 것을 봤어요. 같은 얼굴, 같은 몸놀림, 아무리 봐도 제 눈에는 한 사람이 하는 것처럼 보였어요. 사람들은 아무런 방해도 받지 않고 아무데나 다녔어요. 머릿속에 뭔가 떠올랐어요. 제가 그들처럼 되면 창살을 걷어

주겠다던가 하는 사람도 없었어요. 성취가 불가능해 보이는 일에 관심을 가질 사람은 없지요. 그러나 성취가 이루어지고 나면, 나중에 가서 관심도 나타나는 법이지요. 전에 아무리 애써도 찾지 못했던 바로 그곳에서 말입니다. 그 사람들 자체에 저의 마음을 끄는 무엇이 있었던 것은 전혀 아닙니다. 제가 자유의 신봉자였다면 저는 그 사람들의 침울한 눈빛에 비치는 출구보다는 망망대해 쪽을 택했을 것이 분명합니다. 아무튼 저는 그들을 오래전부터 관찰해 왔어요. 그렇게 다져진 관철이 어느 날 확정으로 다가오더군요.

그 사람들의 흉내를 내는 것은 너무나 쉬웠어요. 침 뱉는 것 정도야 몇 시간 만에 익혔지요. 그래서 우린 서로의 얼굴에다 침을 뱉었지요. 단지 차이점이 있다면 저는 나중에 제 얼굴을 혀로 말끔히 핥아서 깨끗하게 했지만 그들은 그렇게 하지 않았다는 것이지요. 파이프 담배도 금방 노인네처럼 피울 수 있었어요. 제가 엄지로 파이프 대통을 누르기라도 하면 중갑판 전체가 환호성을 질렀어요. 다만 저는 빈 파이프와 담배를 채운 파이프를 오랫동안 구별하지 못했어요. 저를 괴롭힌 건 술병이었어요. 냄새가 괴롭더군요. 혼신의 힘을 다해 극복하기까지는 여러 주가 걸렸어요. 그들은 저의 다른 무엇보다 이 내면의 투쟁을 훨씬 진지하게 받아들였어요. 저는 사람들을 잘 구별을 못하지만 시간과 때를 가리지 않고 절 자주 찾아오는 사람이 하나 있었어요. 그는 술병을 들고 와 제 앞에 앉아서 얘기를 했어요. 그는 저를 이해하지 못했어요. 그는 제 존재의 수수께끼를 풀고 싶어 했어요. 그는 천천히 술병의 코르크를 빼내고서 제가 이해했는지 어쩐지 알아보려는 듯 절 살폈어요.

고백하지만 저는 언제나 정신을 집중하여 그에게 주목했지요. 온 지구를 다 뒤져도 어떤 인간 스승도 이런 인간 학생을 찾아내진 못할 거예요. 코르크를 따고 나면 그는 술병을 입에 가져가지요. 그러면 저는 저의 눈길로 그를 목구멍 안까지 좇습니다. 그는 저한테 만족하여 고개를 끄덕이며 술병을 입술에 대지요. 그러면 저는 서서히 깨달아가는 것이 너무 기뻐 꽥꽥 소리를 지르며 아무데나 마구 긁어대는 거지요. 그러면 그는 흐뭇해하며 술을 한 모금 들이켠답니다. 그가 하는 대로 따라해 보려고 안절부절 못하며 우리 안을 더럽히면, 그는 그것마저도 흐뭇해합니다. 이제 그는 술병을 앞으로 쭉 뻗었다가 곡선을 그리며 다시 휙 돌려서는 잘 보라는 듯이 몸을 뒤로 젖히고서 단숨에 술을 비워 버리지요. 제가 욕망을 주체하지 못하고 기진맥진하여 창살에 매달려 있으면, 그는 배를 쓰다듬으며 한 번 씽긋 웃는 걸로 이론수업을 끝내는 겁니다.

드디어 실습이 시작되는 거예요. 이론수업으로 이미 탈진해버리지 않았을까요? 물론, 탈진했을 수 있죠. 그건 제 운명이에요. 저는 있는 힘을 다해 제게 건네진 술병을 받아들고서 코르크를 따지요. 그게 성공하면서 서서히 새로운 힘이 생기지요. 술병을 입에 댑니다. 그리고 그 역겨움을 느끼는 순간 술병을 내동댕이칩니다. 빈병일 뿐인데도.

제 스승의 마음도 애석하고, 제 마음은 더욱 애석하지만. 제가 술병을 내동댕이치고 나서 잊지 않고 아무리 멋지게 배를 쓰다듬으며 이빨을 드러내고 히죽 웃어 보여도 그것으로는 그의 마음뿐만 아니라 제 마음도 풀리지 않습니다.

수업은 매번 그렇게 진행되었어요. 저의 스승께서는 황공하게도 저에게 화를 내지 않았어요. 그는 가끔 불이 붙은 파이프를 제 털에 갖다 댔는데 제 손이 닿지 않는 곳에서 불이 붙기 시작하면 그 큼직한 손으로 직접 불을 꺼주곤 했어요. 그는 우리가 한편이 되어 원숭이의 본능에 대항하여 싸우고 있다는 것과 제가 더 힘든 몫을 하고 있다는 것을 잘 알고 있었던 거지요.

어느 날 저녁, 수많은 구경꾼 앞에서—아마도 무슨 축제였던 것 같은데, 축음기가 돌아가고, 장교 하나가 사람들 사이를 누비고 있었지요— 그러니까 바로 그날 저녁 제가 우리 앞에 누군가 실수로 세워 둔 술병을 슬쩍 집어 들어, 점점 더 주위 사람들의 주목을 받으며 배운 대로 코르크를 딴 뒤 입에 갖다 대고 주저하거나 입을 찡그리지 않고, 완벽한 술꾼처럼 눈을 대룩대룩 굴려가며 꿀꺽꿀꺽 그야말로 한 방울도 남김없이 마시고서 이제 더 이상 절망한 자가 아니라 예술가로서 그 술병을 집어 던졌을 때, 비록 배를 쓰다듬는 것은 잊었지만 그 대신, 달리 할 수 있는 것도 없어서, 아니 꼭 그렇게 하고 싶어서, 그래 술 때문에 정신이 얼얼해서 그냥 짧게 "안녕!" 하고 외쳤을 때, 제가 사람의 목소리를 냈을 때, 제가 이 외침과 함께 인간사회 속으로 뛰어들고 "저 소리 좀 들어 봐, 저게 말을 하네!" 하는 그들의 메아리가 땀이 뚝뚝 떨어지는 몸뚱이를 시원하게 씻어 주는 샤워로 느껴졌을 때, 스승과 저에게는 이 얼마나 대단한 승리였겠습니까.

재차 말씀 드리지만, 저는 인간들을 흉내 낼 마음은 추호도 없습니다. 제가 흉내를 내는 까닭은 출구를 찾고 싶어서입니다. 그 승리로 얻은 것은 아무것도 없습니다. 목소리는 곧 나오지 않다가 몇 달이 지나서야 겨우 다시 나왔고, 술병에 대한 역겨움은 더욱 커지기만 했습니다. 그러나 제가 나아갈 방향은 알게 된 거죠.

함부르크로 와서 첫 조련을 시작했을 때 제게는 두 가지 길이 있다는 것을 알아차렸어요. 하나는 동물원이고 다른 하나는 서커스였지요. 저는 주저하지 않았고 제 스스로에게 말했어요. '서커스로 가자. 그게 출구야. 동물원은 창살로 막힌 또 다른 우리일 뿐이야. 그곳에 가는 순간 너는 끝장이야.'

그래서 저는 배웠습니다. 여러분, 배워야 할 땐 배워야 합니다. 출구를 원한다면 배워야 하지요. 이것저것 따질 것 없어요. 회초리로 스스로를 다그치고 조금이라도 저항하면 살을 으깨 버리는 겁니다.

원숭이의 본성이 제 몸에서 빠져나갔어요. 그런데 저의 스승은 거의 원숭이처럼 되어 곧 강의를 포기하고 병원으로 보내졌어요. 다행히도 곧 나왔지만요. 그런데 저는 많은 스승을 썼어요. 심지어 동시에 여럿을 쓰기도 했어요. 제가 제 능력을 더욱 확신하게 되고 사람들이 저의 진보를 지켜보고 저의 미래가 빛을 발하기 시작했을 때, 저는 제가 직접 나서서 스승들을 채용하여 죽 늘어서 있는 다섯 개의 방에 들어 앉혀 놓고는 이 방에서 저 방으로 끊임없이 뛰어다니며 그들 모두에게 동시에 배웠어요.

진보! 지식의 햇살이 온 사방에서 막 깨어나는 뇌 속으로 이처럼 뚫고 들어오는 것! 그 때문에 행복했음을 부인하지 않습니다. 또한 고백할 것이 있다면, 저는 그것을 그리 높게 평가하지 않는다는 것이지요. 이미 당시에도 그랬고요 지금은 정말이지 더 그렇습니다. 여태껏 이 지상에서 되풀이 된 적 없는 노력으로 전 유럽인이 평균적으로 가질 수 있는 교양에 도달했습니다.

그것만으로 보면 전혀 아무것도 아닐 수 있지만, 그로 인해 제가 우리에서 나올 수 있었고 또 제가 이렇게 특별한 출구를, 인간의 출구를 찾아낼 수 있었다는 점에서 본다면 그래도 나름대로 중요하다 할 수 있습니다.

멋진 독일어 표현이 있습니다. 덤불 속으로 슬쩍 달아나라고, 바로 제가 그렇게 했습니다. 저는 덤불 속으로 슬쩍 달아났습니다. 제겐 다른 출구가 없었으니까요. 자유를 택하지 않는다는 전제가 여전히 존재하는 한 말이에요.

지금까지의 저의 발전 과정과 그 목표를 관망해 볼 때, 저는 후회하지도 만족하지도 않습니다. 바지 주머니에 두 손을 찔러 넣고, 탁자 위엔 포도주병을 놓아두고, 흔들의자에 반쯤은 누운 자세로 창밖을 바라봅니다. 손님이 오면 그 사람 격에 맞는 대접을 하지요. 저의 매니저가 현관 쪽 방에 있다가 제가 초인종을 울리면 와서 저의 말을 듣지요. 저녁엔 언제나 공연이 있고 저는 더 이상 상승하기 어려울 만큼 성공을 거두었습니다.

제가 밤늦은 시간에 학술 모임이나 연회나 친목 모임에서 집으로 돌아오면, 반쯤 길들인 조그만 암놈 침팬지가 저를 반겨주고 저는 그 침팬지 곁에서 원숭이 식으로 푹 쉽니다. 낮에는 그놈을 보고 싶지 않습니다. 그 암놈 침팬지는 정신이 혼란스런, 길들여진 동물의 광기 어린 눈빛을 띠고 있거든요. 그건 저만 알아볼 수 있는데 전 그것을 참을 수가 없어요.

아무튼 전체적으로 볼 때 저는 제가 이루고자 한 것을 이루어 냈습니다. 그것이 노력할 만큼의 가치가 없었다고 말하진 마세요. 게다가 저는 어떤 인간의 평가도 원치 않습니다. 저는 그저 지식을 널리 알리고 싶을 뿐이에요. 저는 그저 보고할 따름이에요. 학술원의 지체 높으신 여러 선생님들께도 그냥 보고를 드렸을 뿐입니다.

법(法) 앞에서

법(法) 앞에 문지기가 서있다. 시골 사람이 문지기에게 법으로 들어가게 해달라고 부탁한다. 문지기는 지금은 들어갈 수 없다고 하였다. 그 사람은 궁리하더니 그럼 나중에는 들어갈 수 있느냐고 물었다. "그럴 수는 있지만……." 하고 문지기가 말한다. "그렇지만 지금은 안 되오." 문은 언제나 열려있고 문지기가 옆으로 물러섰기 때문에, 그 사람은 문을 통해 안을 들여다보려고 몸을 굽혔다. 문지기가 웃으면서 말하였다.

　"그렇게 끌리거든 내 금지를 어기고라도 들어가도록 해보시오. 그렇지만 명심하오. 내가 막강하다는 걸. 그럼에도 불구하고 나 같은 건 최하급 문지기에 불과하거든. 방을 하나씩 지날 때마다 문지기가 있는데 갈수록 막강해진다오, 셋째 문지기만 되어도 나조차 쳐다보기도 어려워요."

그런 어려움을 이 시골 사람은 예기치 못했다. 법이란 언제 누구에게나 개방되어 있어야 마땅한 것이거늘 하고 생각하지만, 털외투를 입고 커다란 매부리코에 길고 성긴 시커먼 타타르인 같은 턱수염을 뜯어보고는 차라리 입장 허가를 받을 때까지 기다리는 게 낫겠다고 생각하였다. 문지기는 그에게 걸상 하나를 주고 문 옆에 앉아 있게 하였다.

여러 날 여러 해를 그는 거기에 앉아 있었다. 들어가는 허락을 받으려고 그는 여러 가지 시도도 해보고 귀찮도록 부탁하여 문지기를 지치게 하였다. 문지기는 이따금씩 간단한 심문을 하는데, 고향이니 그밖에 여러 가지를 묻지만, 그것은 높은 양반들이 으레 던지는 것 같은 관심 없는 질문이고, 끝에 가서는 언제나 다시금 아직 들여보내 줄 수 없다고 하는 것이었다.

이번 여행을 위해 이것저것 많이 가지고 온 그 사람은 그것을 문지기를 매수하기 위해 제아무리 값진 것일지라도 모두 써 버린다. 문지기는 주는 대로 다 받기는 하면서도 "받아 두기는 하지만, 그건 다 당신이 뭔가 할 수 있는 일을 안 해봤다는 생각이 들지 않도록 받는 거요." 라고 말한다.

이 여러 해 동안 그 사람은 문지기를 거의 끊임없이 관찰한다. 그는 다른 문지기들은 잊어버리고 이 첫 번째 문지기가 법으로 들어가는 데 단 하나의 장애라고 생각한다. 이 불행한 우연을 그는 처음 몇 년 동안은 큰 소리로 저주하다가 후에, 나이 들어서는 그저 혼자서 속으로 투덜거린다. 그는 어린아이같이 되어 문지기를 여러 해 동안 살펴다보니 외투 깃 속에 있는 벼룩까지도 알아보게 된 까닭에 벼룩에게까지 자기를 도와 문지기의 기분을 돌려달라고 청한다. 마침내 시력이 약해져 그는 자기의 주위가 정말 어두워지는지 아니면 눈이 자기를 속이는 것인지 분간을 못한다. 그런데 이제 그는 어둠 속에서 분명하게 알아본다. 법의 문들로부터 가릴 수 없게 흘러나오는 사라지지 않는 한 줄기 찬란한 빛을.

이제 살날이 얼마 남지 않은 것이다. 죽음을 앞두고 그의 머릿속에서는 그때까지의 모든 경험이, 그가 지금껏 문지기에게 물어보지 못한 것 하나로 집약된다. 굳어가는 몸을 움직일 수 없어 문지기에게 눈짓을 한다. 문지기는 그에게로 깊이 몸을 숙일 수밖에 없다. 그 사람의 몸이 워낙 오그라들어 두 사람의 키 차이가 벌어졌기 때문이다.

"지금 와서 도대체 뭘 묻고 싶은 거요?"

하고 문지기가 묻는다.

"모든 사람이 법을 얻고자 노력할진대, 이 여러 해를 두고 나 말고는 아무도 들여보내 달라는 사람이 없으니 어쩐 일이지요?"

시골 사람이 말했다.

문지기는 이 사람이 임종에 가까워졌음을 알아차린다. 그리하여 그의 스러져가는 청각에 닿게끔 고함질러 이야기한다.

"여기서는 다른 누구도 입장 허락을 받을 수 없었어. 이 입구는 오직 당신만을 위한 것이었으니까. 나는 이제 문을 닫고 가겠소."

작품해설

프란츠 카프카는 1883년 오스트리아-헝가리 제국 프라하에서 태어났다. 그는 사업가 아버지의 맏아들로 태어났으나, 아버지와는 다르게 감성적이고 섬세한 성격 때문에 서로간의 갈등이 잦았던 것으로 알려져 있다. 아버지와의 갈등은 카프카의 삶과 문학에 깊은 영향을 주었는데, 성공한 유태인으로서의 자부심이 대단하여 보통의 유태인과는 다르다는 생각을 갖고 있었다. 그런 이유로, 카프카가 이디시어 극단과 교류하거나 훗날 카프카와 교제하던 일반 유태인 집안인 율리에 보리체크, 도라 디아만트와 교제하는 것을 강력하게 반대했다. 1919년 카프카는 아버지에게 편지지 100장에 달하는 편지를 썼다. 여기에는 "내가 왜 무서우냐"는 아버지에 질문에 대한 대답에서부터 아버지의 행동이 어린 시절 자신이 어떻게 상처를 받았는지, 그 일로 인해 자신의 세계가 어떻게 변하게 되었는가 등이 상세히 쓰여 있다.

『변신』을 제외한 카프카의 장편 소설은 모두 미완성이다. 『변신』은 훗날 카뮈, 사르트르와 함께 실존주의 문학의 선구자로 일컬어진다. 평론가중 몇몇은 그가 살았던 시대가 그의 작품 세계를 깊이 탐구할 수 없었던 것에 깊은 안타까움을 표하기도 했다.

그의 작품 속에는 인간의 존재, 의미, 가치에 대한 날카로운 성찰이 담겨있으며 특히나 소설 『변신』의 문장들은 오늘날 현대인이 겪는 일상의 고단함과 존재 의미에 대한 의문과도 깊이 마주하고 있음을 알 수 있다. 그는 책과 문학에 대한 애정을 가지고 삶을 살았으며 이는 죽음에 이르기 전, 친구 오스카 폴라크에게 보낸 편지 속에서도 확인할 수 있다.

"한 권의 책은 우리 안의 얼어붙은 바다를 부수는 도끼여야 한다네."

카프카의 소설에는 여러 면에서 작가 자신의 자전적 모습이 엿보이기도 하는데, 예를 들어 「시골에서의 결혼 준비」

의 주인공 라반(Raban)은 독일어 라베(Rabe) 즉, 까마귀를 연상시키는데, 이는 체코어로 새기 까마귀라는 뜻의 카프카(Kafka)와 의미가 통한다. 또한 자음과 모음을 배열하는 규칙에서도 자신을 드러내는데, Kafka의 자음과 모음 배열 순서와 「변신」 속 주인공 그레고르 잠자(Samsa), 「판결」의 주인공 벤데만(Bende-mann)의 자음, 모음 순서를 같게 하여 은연중에 자기 자신을 작품 속에 투영시켰던 것이다.

내용적인 면에서도 카프카의 모습을 볼 수 있다. 자전적 요소가 담긴 「판결」에서는 권위적이고 위압적인 아버지부터 핍박당하며 살던 아들, 게오르크가 아버지로부터 익사형 판결을 받아 자살한다는 내용이 그려지고 있는데, 아버지로부터 느꼈던 각종 억압으로부터의 심리적 탈출을 상징적으로 표현하고 있다.

"어느 날 아침, 그레고르 잠자는 불안한 꿈에서 깨어나서 침대에 누워 있는 그의 모습이 거대한 벌레로 변신해 있는 것을 발견했다."라는 유명한 첫 문장으로 시작하는 「변신」은 당시에 상당히 파격적인 내용이었을 것이다. 마치 판타지 소설을 읽는 듯한 도발적인 첫 문장에 관심을 갖지 않을 수 없었다.

「변신」 속의 그레고르 잠자는 가족을 위해 너무나도 열심히 살아가고 있었음에도 어느 날, 흉측한 벌레로 변하면서부터 가족들의 변심과 주변 상황으로부터의 소외감, 고독감을 느끼며 홀로 외로이 죽음에 이른다.

그레고르 잠자가 벌레로 변신했을 때 (지극히 일반론적으로 볼 때 부모님이 더욱 괴로워하고, 자식에 대한 사랑으로 그를 포기하지 않을 것이란 전제하에) 아버지와 어머니보다 여동생이 그레고르에게 관심을 가졌다는 면에서 부모님에 대한 카프카의 생각을 단적으로 엿볼 수 있다.

이러한 「변신」은 궁극적으로 벌레를 통해 형상화한 인간 사회의 소외와 고독에 대해 진지하게 고민하고 문제를 제기하고 있다. 무려 100년 전부터 유대계 독일인이라는 환경적 요인으로 인해 자연스럽게 고독과 외로움을 안고 살았던 카프카는 인간 존재의 불완전성과 부조리함을 담은 수많은 작품을 남겼다. 죽음 이후 자신의 고향인 프라하의 유대인 묘지에 안장되었다.

작가연보

1883년 7월 3일 오스트리아—헝가리 제국 출생. 현재의 프
라하에서 상인이던 헤르만 카프카와 그의 아내 율리
뢰뷔 사이에서 두 유태인 부모의 장남으로 태어남.

1889년 도이체 크나벤슐레에 입학. 아버지 헤르만은 체코어
가 아닌 독일어로 수업을 하는 학교로 카프카를 보냄.

1893년 아버지는 상인이었으나 카프카를 상업을 배울 수 있
는 학교가 아닌 대학 입학 자격을 얻을 수 있는 김나
지움으로 진학시킴.

1901년 김나지움을 졸업하고, 프라하에 위치한 카를 대학교
에 입학.

1902년 나중에 카프카의 문학 활동에 큰 역할을 담당하
는 막스 브로트와 알게 됨.

1905년 「어떤 싸움의 기록」 집필 시도.

1906년 법학박사 학위를 받으며 대학 졸업 후 변호사인 외
      삼촌 리하르트 뢰비에게 연수를 받고 10월부터는 프
      라하 지방 법원에서 1년간의 사법 연수를 받음.

1906년 「시골에서의 결혼 준비」 집필에 착수. 「어떤 싸움의
      기록」과 함께 이들은 모두 미완성 작품으로 남음.

1907년 이탈리아의 보험회사 아시쿠라치오 제네랄리의 프
      라하 지점에서 일을 시작함.

1908년 막스 브로트 아버지의 추천으로 프라하 시내에 있는
      '노동자재해보험국'으로 직장을 옮김.

1908년 막스 브로트의 소개로 문예지 《휴페리온》 창간호에
      카프카의 작품이 게재되며 카프카의 작품이 처음으
      로 활자화됨. 이때 발표한 것은 8편의 산문.

1908년 브로트가 친구를 잃은 일을 계기로 그와의 사이가
      깊어짐. 1908 년부터 1912 년까지 브로트와 북쪽 이
      탈리아, 파리 등으로 여행을 함.

1909년 북부 이탈리아에 여행에 갔을 때, 비행기 쇼를 구경하
      고, 이 경험을 바탕으로 「브레시아의 비행기」를 집필.

1909년 《휴페리온》 제8호에 「어떤 싸움의 기록」에서 발췌한
      두 편의 작품을 게재. 이 잡지의 다른 기고자로 릴케
      가 있음.

1911년 이디시어 극단에 흥미를 가지면서 자주 공연을 보고
        극단 리더와 친분을 쌓음. 이런 과정에서 유태인에
        대해 의식하는 계기가 됨.

1912년 처음 간행하는 작품집 「관찰」의 작품 배열에 대해
        상담하기 위해 브로트의 집을 방문, 여기서 네 살 아
        래의 유태인 여성 펠리체 바우어와 만남.

1912년 9월 말에 갑자기 편지를 보내 10월 말부터 둘 사이
        에 활발하게 편지가 오고 감.

1912년 9월 카프카는 첫 번째 편지를 보낸 이틀 뒤인 9월 22
        일 밤부터 다음 날까지 단편 「판결」을 단번에 탈고함.

1913년 6월 『판결』 출판 시 '펠리체 B에게'라는 헌사가 붙어
        있음.

1913년 펠리체와의 편지에서 11 월부터 12 월에 걸쳐 집필
        한 「변신」과 그 무렵 착수한 「실종자」의 진행 상황을
        낱낱이 알림.

1914년 펠리체 바우어와 정식으로 결혼이 결정되었으나 같
        은 해 파혼함. 이후 몇 년간 카프카와 바우어는 약혼
        과 파혼을 반복한다.

1917년 결핵 진단을 받음. 카프카는 장기 요양을 위해 여동
        생이 사는 취라우로 간 뒤 8개월간 머무름.

1918년 프라하로 돌아 직장에 복귀하지만, 이후 요양 및 직

장 복귀를 여러 번 반복함. 같은 해 11월 스페인 독
감에 걸려 폐 기능이 급격히 나빠짐. 네 살 아래의
유태인 여성 율리에 보리체크를 만나 교제를 시작.

1919년 그녀와 약혼하지만 아버지의 반대에 부딪힘.

1920년 체코인 기자이자 번역가로 유태인의 남편을 가진 밀
레나 예젠스카를 알게 됨. 그녀가 카프카의「화부」를
체코어로 번역하고 싶다고 함. 이는 카프카 작품의
첫 번째 번역 작품이 됨. 밀레나와 가까워진 카프카
는 율리에와 약혼을 파기함. 그러나 밀레나는 남편
과 헤어지지 않아 점차 사이가 멀어짐.

1923년 7월 여동생 엘리 가족과 함께 발트 연안 뮈리츠에
머물며 여기서 마지막 연인이 될 도라 디아만트를
만남. 그녀는 당시 21세의 여성으로, 이때 뮈리츠의
유태인 가정에서 일하고 있었음.

1924년 6월 3일 41세의 생일 1개월 전 오스트리아에서 40세
의 나이로 사망. 시신은 프라하로 보내지고 이 땅의
유태인 묘지에 묻힘.

『변신』 초판 표지 이미지

자신의 개와 함께 사진을 찍은 카프카

프란츠 카프카